五つ星 無料レストラン

地方と再生の物語

坂根修

目次

プロローグ――トンボメガネの女の子

ある日、「無料レストラン」という一風変わった看板を掲げた殺風景な店に若い二人連れの男女が訪れた。女性は小柄で赤い長靴を履き、髪を後ろに束ねたポニーテール。丸顔に大きなトンボメガネが印象的だ。

長身な男性はベレー帽を被り、どちらかといえば無口な教養を感じさせる青年だったが顔にはもの悲しさが漂っている。ベレー帽は最近では珍しく、めったにこの帽子を愛用する人にはお目にかからない。衣料品店などでも女性用は探せばないことはないが、男性用を探すとなると難しい。

この対照的な組み合わせは女性が動、男性は静といった立ち位置で女性の機敏さが目立つ。「好んで髪をポニーテールに結う女は気が強い」などと言う脳科学者がバラエティ番組でもっともらしく解説していたが真実は分からない。

「ここ、タダでご飯食べられるの？　チョー・ラッキー。辰ちゃん、ここで食べていこう。私たちね、農業しようと土地を探していてここに迷い込んじゃったわけ。お店全然ないじゃん。だから途方に暮れていたわけ。おばさん、何が食べられるの。タダなんだから何でもいいけど」

現代風な、何の礼節もない若者が珍しいわけではない。テレビから流れる映像にはこういう無作法な現代人が度々登場する。それは大抵の場合街角のインタビューなどで体を揺らしながら髪をかき上げ、周囲の者に同調を促しながら宇宙人のように受け答えをする。

こういう若者を年配者は苦々しく思うのだが、最近のインターネットなどの操作には長けていて魔法のように次々と新しい世界を展開する。

これまでの常識を覆されることに腹立たしさを覚えながらその能力に舌を巻き、それを覆い隠すために、無視して年配者と若者の間に大きな溝を作っている。

年配者の経験の蓄積が今までの歴史を作ってきたのだが、最近はそれがなし崩しになり秩序の混乱は避けがたい。

「農業じゃ飯は食えん！」

食事をしていた、向かいのガソリンスタンドの管理人である伸介は彼女のほうを見ず、皿に眼を落としたまま吐き捨てるように言った。五、六人いた村民は皆彼女の奇矯な様子に注目した。

都会の若者が農業に憧れるというのは今に始まったことではない。彼らには農村の暮らしは隠居生活のように映り、都会の煩雑さに疲れ果てたとき、安らぎを求めて農村生活に憧れるのだが都会の刺激を求めて再び舞い戻る。

そんな軽佻浮薄な若者をたくさん見てきただけにもう期待というものが煩わしさに変わっていた。それでもマスメディアはこういう青年たちを現代のフロンティアのようにもてはやす。

「そうよ。そういう言葉聞きたかったのよ。どこの農協や役場の農林課に行っても農業は有望です。トマトが儲かります。ピーマンがいいでしょうなんて言葉ばっかし。嘘だよ。私だって農業が儲からないこと知ってるもの。おじさん正直だよ。私、正直な人好きだよ」

農業が儲からないと知っていて何で農業を志しているんだ。若い者は矛盾したことを言うから理解できない。皆がそう思っていた。そしてこんな子供を相手にしてもしょうがないという思いから席を立ちかけた。

「でもね、おじさん。今ヒラメイタんだけど農業でも食べていけるよ。毎日ここにご飯を食べに来ればいいんだから。そうでしょう」

居合わせた村民は一瞬ぽかんと口を開けたまま沈黙が流れた。沈黙の後に一斉に笑い始めた。腹を抱えて笑った。

食える、食えないという意味がこの子には分かっていない。飯だけ食うなら農村には十分な食料がある。むしろ有り余って困っている状態なのだ。

古代人なら食うことで十分満足できるが人類が文明というものを身につけ始めてから余分に必要なものが数多く出現した。その余分なものに一喜一憂して、生活が困窮するのが農村であって、都会のように現金収入を増やそうとするのは至難なことだった。

しかし、この無料レストランの店主である睦子はこんな女の子が村にいたらいいと思った。そうすれば村はもっともっと明るくなるだろう。そう、難しく考えない、それがこの集落に必要だと思った。

「私たちお遍路のついでに農地探ししていて、ここに寄ったんだけど、あちこちでタダでご飯食べさせてくれたりタダで泊まらせてくれたよ。四国ってチョーいいとこだよね。私は気に入ったよ。でもここはお遍路には関係ないのにご飯タダで食べさせてくれるんだ。二階も泊まれそうだね」

彼女は大きな瞳を輝かせて階段越しに二階を物色してから皿に目を落とした。今日のメニューはシチューにご飯、そしてバジルとトマトのサラダだ。

「お嬢さんがもしここの村に来て農業を始めたら、今はお昼だけの無料レストランだけど朝も夜も開店しますよ」

睦子は恭子という一風変わった若い女性にそう微笑みかけて見送った。連れの辰ちゃんという男性は一言も喋らず、軽薄さを遠慮なく表に出す彼女とは対照的だった。

「おばさん、約束だよ。私たち必ず来るからね。それから朝も夜もっていう話、忘れないでよ」

そう言い残して帰っていったが、彼女たちが再び訪れるとは誰も思っていなかった。

真夏の太陽の日差しは厳しく、それでも午後の農作業に手を付け始めねばならない時間だ。けだるさを感じながら額に手をかざし直射日光を避けるようにして男たちは野良へと散っていった。

もう一か月近くも雨が降っていない。灼熱の太陽は容赦なく大地を照らし、畑は乾燥し作物は息絶え絶えだ。この時期、期待できるのは台風だが、その台風は西日本において常に大きな災害をもたらす。

それでも、その台風に期待を寄せなければ生きていけない農民は、この文明社会において、「賢く」ては生きていけない。

一　ガソリンスタンドの廃業

四国山中を走る国道一九七号線を、鹿野川湖を左手に残しながら雑木林の生い茂る岩肌の黒い、離合も困難な細い山道を走りゆくと小さな集落が開けている。

舗装された道幅の狭い集落道の左手には小川と呼べるような御在所川が流れ、その両側には川に付随して田んぼが幾つも秩序なく並べられた畳のように点在する。

川の源流は高くそびえる御在所山にあり愛媛県の一級河川肱川に合流してから河口長浜に至り瀬戸内海に注ぐ。この肱川の由来は支流小田川と合流する地点で大きく舵を左に切り、肘のように折れ曲がっていることからくる。

御在所山の裾野として広がるこの村は、かつては御在所村として独立した行政区だったがその後、肱川町と合併し、再び平成の大合併で肱川町は大洲市に編入された。

したがって御在所村という存在はなくなったが村人は今でも自分の所在地を村と呼ん

でおり、人口は年々減少の一途をたどり今では五十世帯ほどの小さな集落となって、十年、二十年後には消滅する運命にある。

こんな集落は珍しくはない。日本全国にある農村の現実で、すでに廃村となった集落も多く見ることができる。

廃村になった集落では家屋の屋根が崩れ落ち、外から室内を覗き見れば茶碗などの日常品や布団などが散乱している。日常生活の中で人間だけが突如姿をくらましたようである。周囲には竹が生い茂り、その生い茂った竹藪の中には作り上げた石垣が崩れ周囲に大きな石が散乱している。

山間地では少しでも平らな耕地を求めて石を積み上げて段々畑を作り、そこにサツマイモやジャガイモを植えて食糧増産に努めた。そうした先人たちの長年にわたった段々畑の歴史はいとも簡単に野生動物たちによって蹴散らされていく。

最近のニュースでは大都会である大阪や名古屋も人口の減少傾向にあり、東京圏だけが膨張しているという。

敗戦後の食糧難時代から見ればこの国は考えられないような変貌を遂げ、国土の縮小を続けている。

この村で大きな事件が起こった。今まで農協が運営していたガソリンスタンドが閉鎖されるというのだ。次々に閉鎖される公共的施設は珍しくはない。六角形の緑色で装飾を施した、いかにも近代的で芸術的な小学校も統廃合によって廃校になり、子供たちはクルマで三十分かけて舩川町の小学校に通うことになっている。

役場の支所も郵便局も消えた。そのような押し付けられた不便さを補うのにクルマの必要性は以前にも増して重要性を帯びている。

クルマのない老人たちを病院に運ぶのも、子供たちを小学校や中学校に通わせるのも、あるいは通勤、農作業にもガソリンは食糧の次に位置する生活必需品だった。

ガソリンスタンドの役割はクルマばかりではなかった。自転車通学をする中学生はスタンドで長年働く伸介を頼りにしていた。自転車のパンクばかりでなくブレーキの利き具合やサドルの位置、ハンドルの曲がりの矯正なども彼に相談した。

近所の主婦は家電の修理や風呂釜の備え付け、電気の配線工事なども彼を頼った。それだけ彼は器用さを持ち合わせた便利屋でもあったのだ。

老人たちにとって冬の暖房のための灯油の配達が止められるのは死活問題だった。冬の大雪のときや台風の大雨、土砂崩れ、そういうときは必ずこの村は陸の孤島となって辛抱を余儀なくされた。

そういう過去の経験から燃料はなくてはならないものの一つだった。

「ドラム缶たくさん購入してガソリンを備蓄しなければならんだろうな」

「そんなことを行政は許さんよ。昔はそんなこともできたけど、今はガソリンを買いに行くにもポリ容器では売ってくれんのだから。それにガソリンは劣化するぞ」

「伸介の存在も大きいよな。あいつは便利屋だからいなくなったら機械の相談相手を失くすことになる」

今まで役場の支所がなくなっても小学校が廃校になっても、大きなうねりの中に流されるままに身を任せていた村民の中にも何とかしたいという意思が芽生えたのは生活に直結した問題だったからだが、もう遅きに失している感じはいなめない。

脳の細胞が少しずつ消滅していくアルツハイマー病のように村の生存の可能性も希薄になってきたということだ。

行政もあるいは学者たちもテレビを通して様々な農村再生の提言をしてきた。それが農民たちにとっていかに温度差のあるものであるかは言うまでもない。しかしそれに反論する能力も知識もなく、また反論しても何の生産性もないことを彼らは知っていた。

ガソリンスタンドの、道路を挟んだ向かい側には神野一路（じんのいちろ）の家がある。かつてはスーパーマーケットを経営していて羽振りも良かったが、今では陳列棚も撤去してガランとした空間に長机と長椅子が並んでいる殺風景な元店舗である。

住まいはその裏にあって、もっぱら元店舗は不用品のための倉庫となっていた。

神野一路は村の神童といわれ学業成績は高等学校を卒業するまで常にトップだった。当然高校の教師は大学進学を勧め、彼も東京の大学に行くことを希望した。

一路の父親、甚助（じんすけ）は十数頭の搾乳牛を飼育する酪農家で最終学歴は中学だった。当然息子の成績の良いことを誇りにしそうなものだが、「学業はクイズにしか役立たん」と言って彼の進学を認めなかった。

それでも彼に進学の許可を与えたのは限界を知らしめるためだと友人に話していたから、神童といわれるままに中途半端な終わり方をさせたくなかったからだろう。

甚助の息子に対する条件は大学四年間を終えたら村に帰ってくることとアルバイトはしないことの二つだった。勉強がしたくて東京に出たのにアルバイトで時間を取られては勉強ができないだろうという理屈だったが、彼の魂胆はアルバイトをして自力で大学を卒業したなどと思わせないためだった。

「世界で一番頭のいいのはアインシュタインだといわれるが彼がこの人類に核爆弾というものを存在させたのだ。頭がいいなどということはロクなもんじゃない」というのが東京に勉強をしに出る息子への餞別の言葉だった。

過疎地の貧乏な牛飼いが息子に仕送りする学費や生活費は想像を絶するものがある。その四年間は水を飲んで凌いだというのもあながち誇張とは思われなかった。

一路の母静江は神野家の一人娘だった。小さい頃より読書好きで、学校帰りにはいつも本を読みながら帰宅した。そんな娘だったから婚期は遅れ、甚助を婿に迎えたのは三十歳後半だった。

偏屈な甚助に妥協したというのが村民たちの見解だったが、甚介は、仕事は自分の役割と割り切っているため静江は結婚してからも趣味の読書の時間を削られることはなかった。一路はそんな母の影響を多分に受けていた。

東京の教育大学に入学して四年の勉学を終えたのち一路は村に戻った。松山の図書館で知り合ったという女性、睦子と結婚して二人の子供を授かり、今は長男が酪農を継いでいる。

この妻、睦子の評判は良く、彼は「神童も大人になればただの人」と揶揄されたが「女性の選び方はさすが」と言われるほど睦子は才女だった。学問的な才能ではなく、日常生活の中で「知識」よりも「知恵」をはたらかせる才能を持ち、彼女は献身的に他人に尽くした。

病気の一人身の老人がいれば行って食事を作ったり、腰を痛めた老婦がいれば畑仕事まで手伝いに出かけた。世話好きといってしまえばそれまでだが、その献身的な態度に少しも嫌味がないのが彼女の持つ人徳ともいえた。

彼女には過去に結婚を約束した男性がいて、音もなく消え去ってしまったという悲惨な経験を持っていたが、そのことを一路に告げることはなかった。彼女の持つ暗い秘密である。

ガソリンスタンドの廃業はこの集落にとって致命的だと一路は思った。これを境に村民の気持ちは一気に萎えることが予想できた。そういうことを契機として健康を損なう者も増える。市街地に移り住む者も出てくるだろう。いずれは滅びる集落とはいえ、まだ消滅する時期ではないと思った。

一路は農協に出かけ存続を訴えたが、効率の悪い過疎地からのガソリンスタンドの撤退は上からの命令だと譲歩の気配は全くなかった。企業としての存続をかけての方針を下部の従業員が覆すことなど不可能だった。

しかし、御在所のガソリンスタンドを無償で借り受けることだけは了承させて帰ってきた。それは村営という継続を模索するためだったが資金をどれだけ集められるかは不透明だったし、そもそも村営といっても、もう村そのものが存在しないという現状であった。

御在所に帰ってくると、長椅子に泰然と卓が睦子の入れた茶をすすりながら雑談していた。

二人は睦子とは年も近く、よく彼女を相手に話し込みに来る。男同士だと酒が入らなくては話が進みにくいが相手が女性だとそういうわだかまりがない。泰然は寺の住職の息子で、父親と共に米作りをしている。都会の寺なら収入も多いが、ここでは寺も自給自足しないと食ってはいけない。

一路は二人に今日農協を訪れた話をして、無償で施設を借り受けて存続させるためには五百万円ほど資金が必要だと言った。それでも延命期限は十年ほどで、その資金は伸介に支払う給料ですべて消えてしまう。それでも存続することが今は大事だということを熱っぽく二人に語った。

「一人五十万出資する者が十人いればいいということだな。安い中古車を一台買うということだ。十人か……」

そう言って卓は大仰に両の腕を組んだ。相談された自分は出さぬわけにはいかんだろうという仕草でもあった。彼にはそういう親分肌のところがあって、個人でユンボを買い込んで集落に土砂崩れなどあると無償で出動した。そのユンボが向かい側のガソリンスタンドに常に待機している。

「ともかく三人で手分けして住民の意見を集約することが先だな。俺は日にちを掛けて上を回るから卓は下を回れ。一路さんは中央を頼みます」

そう言うと三人は一斉に腰を上げた。泰然は高校を卒業してから東京の仏教系大学に進学した。寺を存続させることが彼の使命であって曾祖父も祖父も父親もそうして生きてきた。その意味でも集落の消滅は絶対容認することはできない。単なる延命だと言われても受け入れざるを得なかった。


山間地の田植えは平地より一か月ほど早い。冬耕を終えた田の水路の保全や畔の補強に村人たちはぼつぼつと田仕事に取り掛かる。

一路の長男、大輔が経営する牛舎では、糞尿などを一か所に集積しており、それを堆肥として田に散布するのもこの時期の仕事だ。

どこの家でも自家用野菜は庭先で作る。片手間の作業は空き時間の利用が絶対だ。それが本業でないだけに息抜きにもなり趣味としての喜びにも繋がる。そうした楽しみがあるというのは人生にとっての価値は大きい。そして、それは女房族の分担で亭主は嫌々ながら手伝わされる。多くの農家はカカア天下だ。

卓のようにハウスでキュウリを作るような農家は片手間というわけにはいかず農地にはクルマで通う。キュウリの種を苗床に下すのも、もう間もなくという季節である。

一路、卓、泰然が再び寄り合ったのは、あれから一週間が過ぎた、日曜の昼下がりのことだった。春の兆しを感じられるようになっており、周囲にはもう水仙が一面に咲き誇りワラビが顔を出し始めていた。

三人は、各家を回り、ガソリンスタンドを存続させるための出資金の話をしてきたが、感触はほぼ同じようなものだった。

出資できる金額がまちまちで五十万円出そうという者もいれば十万円なら協力できるという者もいて反応は様々だった。それでも存続の必要性は皆が痛感しているもので、目標とする金額は達成可能という判断だった。

「全村民に回覧を回せば軽く五百万円は超える。延命は十年以上可能だということだ。ただ出資金がまちまちだと後々困るだろう。利益配当を出資金の割合によって計算するか、メンドクサイね」

卓は細かいことは嫌いだ。何事もおおざっぱで無頓着だ。キュウリ栽培を長く続けていられるのは細君、岬さんの裁量だともっぱらの噂である。

「利益なんて上がるわけがないから、配当を考える必要はないだろう。細々と伸介に給料を払うだけの資金だからな。問題は各個人の出資額がまちまちだという不平等感だよ。同じ金額でないと多く払った者が不満を持つ。何か特典があればその不満も解消されるだろうけど、延命策としての資金だから特典は生まれない」

泰然の不平等感には一理ある。しかし、同一出資にすれば一番低い金額が対象になるから目標の金額には届かなくなる。だから可能な出資額を個人に決めてもらい、その金額内容は三人だけが知っているということにすれば良いということに決まった。

それは騙し討ちじゃないかという卓の意見を取り入れて「個々の村民の出資額には差異がありますが高尚な皆さんのご理解をお願いします」という一文を入れて村民に通知しようということになった。「高尚」の反対語は何だと卓が言い、泰然がすかさず「低俗」だと言うと彼は大きくうなずいた。

利益が上がったら誰のものになるのかという話も素通しというわけにはいかなかった

らしく、村の共有利益ということになった。

村などという形態はもうない。集落という形容だけだし利益など上がる算段など皆無だ。これを空論ということは三人の共通した認識だった。

「伸介なんだけど、この話をして継続をお願いしたら日当は今までの半分でいいと言うんだ。それが彼の出資金に代わる行為ということで受け取ろう」

一路はそう言って二人の同意を得た。

伸介の家庭は父母を早くに亡くして妻と二人暮らしだったが、最近娘、和子が幼い子供を連れて帰ってきている。

娘は看護師で大洲市の病院勤務だが、早朝出勤があったり夜勤だったりしていつも家にいるわけではない。大洲市までクルマで一時間かかる距離だから早朝出勤は難しく、また夜遅くに帰るには国道から村までの離合のできない山道は女性には危険この上ない。

昔は山賊が出没したという話もある。彼女はよく病院の寮に泊まって出勤をこなしていたので伸介の妻、早苗が孫の面倒を見ている。

娘の亭主がパチンコ狂いであるということは以前からの噂になっていた。伸介がちょいちょい大洲のパチンコ屋で娘の亭主と口論しているところが目撃されていたからだ。ギャンブル依存症というのは正常な人間には理解しがたい。仕事を失っても遊技場に出かけ、資金がなくなれば円ショップで金を工面してくる。

円ショップといえば聞こえはスマートだが昔流にいえばサラ金である。返済が滞れば別のサラ金から借りてきて決済する。その堂々巡りが多額な負債として累積する。空恐ろしいといえばこれほどの恐怖はない。

こんなことが野放しにされていること自体が不思議だが庶民にはわからない裏があって、サラ金には銀行という後ろ盾があり銀行は政治家に多額の献金をしているだろうことは想像できる。

パチンコという遊戯もあまりにも賭博性が強いということで世界各国では行政が認可しない。ギャンブルという遊びは常に危険と表裏一体であるから日常生活から距離を置いた場所に設置されるのが通常である。

パチンコ店が不便な山の中にあるというならまだ理解できる。しかし次々と繁華街に出店する現状をどう解釈したら良いのか分からない。ここにも業界の政治献金が物を言っているような気がするが社会の仕組みは巧妙だ。

最近では公営ギャンブル、カジノが国会の審議を通過し可決された。様々なギャンブル依存症対策が施されているというが眉唾ものだ。その莫大な利益の行き先も信用に値しない。

作家で精神科医でもある帚木蓬生（ははきぎほうせい）氏によると、最近の調査ではギャンブル依存症の有病率は成人の三・六％で諸外国と比べてダントツだという。日本には競馬、競輪、宝くじなどの公営ギャンブルも多く、競馬などはインターネットや電話でも購入でき、こんなにギャンブルにアクセスしやすい国はほかにないという。

公営ギャンブルは、競輪とオートレースを所管するのが経済産業省、競馬は農林水産省、ボートレースは国土交通省、宝くじは総務省、そして、パチンコを監査所轄するのは警察庁だ。

これらの収益が本当に国民のために使われているのだろうかという疑問を持つのは、各省庁の分散管理という運営の仕方のためだ。分散管理して甘い汁を吸い続けるシステムなら許しがたい。

「伸介もまだここに居座るという選択をしたんだな。あいつこそ、大洲に出て娘たちと一緒に暮らせば万々歳なのに」

卓はそう言いながら、これからキュウリの出荷準備をしなければ女房にどやされると言って帰っていった。昼間収穫に追われ夜箱詰めするのも大変なことで、量産にしか活路を見出せないというのが今の農業の現状だ。

「いずれは街に出なければというのは、皆の共通した認識だけど、できるなら最後の最後に一緒にという思いは同じだよ。俺のところは寺だから、本当に最後の最後になるな。子供が小さい家庭は決断を早くに迫られることになる」

泰然はそう言いながら腰を浮かした。もう一杯茶を所望しようかという気配に一路は立ち上がって彼を座るように制した。睦子を呼ぼうかと思ったが、こういう場合自らが行動することに最近努めている。それが自立というものだと納得させるのにいまだにぎこちなさを自身の中に含有している。

「泰然は東京に出ていて戻りたくはないという気持ちは持たなかったのか？」

一路は自分の迷いに迷って帰郷した体験も踏まえて泰然に探りを入れるように質問した。彼の真意を知りたいという思いからだった。

「俺は寺の跡取りだよ。帰ってくるのは当然だろう」

そう胸を張るかのように言い放ってから「実は婿養子に来ないかという話があったんだ」と、声が一段と低くなったのは後ろめたさか、未練からなのかは分からない。彼にとっては決断を迫られた分岐点だったことは確かだ。

「都会の寺はここと違って豪勢だよ。身分が違う。それに住職が元気なうちは大学の講師として残って、時期が来たら寺を継いでくれたらいいと言われた」

「親父さんに反対されたんだろう。それとも娘さんが気に入らなかったか」

「いや、美人で気立てのいい子だった。同級生だったんだ。この話を教授から受けたときは驚いたよ。彼女が俺に気があったなんて少しも気が付かなかったからな。高嶺の花くらいにしか思っていなかった」

一路は肘で彼をつつきながら、「何で帰ってきたんだ。親父さんに反対されたからか」と話の先をせかした。

「親父も、ここでは先行きがないからお前の好きなようにしたらいいと言っていた。親父はここで生涯を閉じることになるだろうけど、俺はまだその先があるからな」

先というのは、ここが廃村となった後のことで、彼は何故戻ったかについては自分でも説明できないと話した。

「でも、最近では戻ってきて良かったと思っているんだ。都会の寺だと毎日葬式や法事で、儲かるかもしれないけど矛盾がある。ここではたまに葬式があるくらいで日頃は田の畔の草刈りや栗の木の剪定、野菜の水やりだ。貧乏だけど、貧乏のほうが坊主らしくていいだろう」

泰然は短い髪の頭をなでながら「かっこよすぎるか」と言って笑った。

彼は明治以降の日本の在り方を良しとはしていない。その根幹にあるのは明治政府の廃仏毀釈（はいぶつきしゃく）にある。彼の家では代々、この仏門への迫害が言い伝えられてきている。

明治新政府は太政官布告「神仏分離令」によって神社から徹底的に仏教要素を取り除こ

うとし、ご神体に仏像を使用することを禁止した。

このようにして日本の伝統文化、芸術の根幹を崩壊させたのだ。

奈良・興福寺や内山永久寺など日本の四大寺といわれる寺でさえ何千体という仏像が破壊され、五重塔が薪などにするために安価で売りに出され、多くの仏典が散逸した。

大和への復古を唱え徹底した日本文化の破壊を、泰然は仏教を通して語り伝えていくのが自分の使命のように、この話を熱く語るのが常だった。

われわれが持続してきた文化というのは弥生時代に出発して室町で開花し、江戸期で固定して、明治後、崩壊を続け昭和四十年前後にほぼ滅びた。

『街道を行く　南伊予・西土佐の道』　司馬遼太郎

二　無料レストランの開業

村営ガソリンスタンドが開店したのはうだるような暑さの七月下旬だった。梅雨が明け真夏の太陽が容赦なく大地を照りつける。雑草が勢いよく伸び続けるのもこの時期で、農家は身をかがめた苦しい草取りに悪戦苦闘する。梅雨の期間にたっぷり水分を含んだ大地の湿気が徐々に放出されるにしたがって草の勢いも衰えるが、その間一か月という期間が必要だ。一年で最も苦しい過酷な季節である。

ガソリンスタンドの道路を挟んだ向かい側には、昔、一路（いちろ）の家が経営していたスーパーマーケットがある。今は営業しておらず、そのだだっ広い部屋に長机と長椅子が並べられていた。ここでガソリンスタンドの開店祝いが行われることになっている。

この季節になると夏野菜が豊富に収穫され食卓は色彩豊かに飾られる。前日に若い者たちが瀬戸内海で釣ってきたヤズの刺身が中央三か所に置かれ豪華さを演出していた。

ヤズは出世魚で、成長すると「ハマチ」と呼ばれるようになる。海岸の防波堤などに回遊してくるときに遭遇すれば数十匹も釣れることがある。一路も若い頃この魚を狙って佐多岬半島の突端に釣りに行ったことがあった。

防波堤は海面よりはるかに高く、下を見下ろせば目がくらくらするような絶壁だった。勿論落ちれば確実に死ぬという危険な場所で、「来たぞ！」という叫び声と共に待ち構えていた釣り人たちに緊張が走った。

一斉に釣り竿が大きく弧を描いて振り下ろされた。次々と大きなヤズが釣り上げられていく中、一路の竿にもずっしりと手ごたえが感じられて釣り竿を引き上げた。しかし無残にも竿は手元でぽっきりと折れて一匹も釣ることなく帰ってきたという苦い経験があった。

魚以外の食材は農村では容易に手に入る。宴会を開くといえば各々が自家製の野菜や漬物、果物を持ち寄ってくる。キュウリの酢の物、カボチャの煮物、ポテトサラダなど全く打ち合わせ無しでも多彩な料理が集まるのだ。

都会のように金を出さなくては料理がそろわないということはない。しかし農民はそういう豊かさを実感していない。

酒も出される。若い者はビールだが、年配者はビールを一杯飲んでから日本酒に移る。その酒の飲み方が農村ではスマートではない。ダラダラといつまでも飲み続ける。一路が宴会を夜開かないのはこういう飲み方を嫌うからで、夜飲み始めると朝方まで散会とならない。

そういう悪習の中にあって生き方を変えた者もいた。敏正である。それまでの機会があれば浴びるほど飲んだ酒に最近はほとんど興味を示さなくなった。彼を変えさせたのはブルーベリーの栽培だった。

ブルーベリーはジャムくらいしか認識がなかったが目に良い作用があると注目されるようになり本格的に手がけるようになった。彼は田んぼの一部にビニールハウスを建て、苗木を購入して栽培を始めた。各地に出向いてその栽培方法を勉強したり販売のルートを模索したりして、酒への執着が消えうせたらしい。

農村の酒に関する悪習は明確な目標を持てないことが原因なのかもしれない。

一路も敏正から数本のブルーベリーの苗を譲り受け畑の片隅に植えている。二年目からは小さな実をつけ始め、畑に行ったときその実をまず食べてから仕事にとりかかることを楽しみにしている。

　レモンの苗も彼から譲り受けたもので、体がシャキッとしないときはまずこのレモンをかじるのだ。体中に強烈な刺激が行き渡り気力を呼び起こした。


「私、ここでレストランを開店しようと思うの。先日の村営ガソリンスタンドの祝賀会で皆と食事しながらそう思った。この村にはレストランがないもの。都会は人間関係が希薄だって言われるけど農村も同じなのよ。……農村のきずなが深いように言われるけどそれは縛られたきずななのよ。もっともっと皆が心を割って話し合い、意識の向上に努めなければいけないと思うの」

　唐突に睦子が口を開いた。祝賀会を終え、一路夫婦だけになったときのことである。

　以前、高知県立美術館にピカソが来たとき、二人で観に行ったことがあった。その日、途中の葉山あたりで朝食をとろうと喫茶店に入ったところ、モーニングを食べに来ている近所の主婦でいっぱいだった。日曜日ということもあり、子供連れが多かった。

睦子にとってあのときの状況が強烈な印象として残っているらしい。主婦が朝食を作らないで喫茶店に集まるなんて考えられないことでそこに解放感を感じたという。

確かに、女性ばかりでなく男性もあの解放感を味わえば、もっと男たちの話題も広がり饒舌になり明るさを取り戻せる。

「雄弁は銀、沈黙は金」なんて言うけどそれは昔、お上がそのように農民が振る舞ってくれれば都合が良かったからよ。喋る機会が少なければ少ないほど人間の内部に蓄積するものが多いのよ。……そうストレスよ。だから男性はべろん、べろんになるまで飲んで発散する悪癖が身についちゃったのよ。ここでレストランを開いてお昼は毎日ここでとるようにすれば村の雰囲気はガラッと変わってくると思う。話すこと、議論することが日常の中に定着すれば必ず希望が見えてくるわよ」

睦子のレストラン開店理論を一路は黙って聞いていた。

一理あると思った。彼も大学時代の四年間、東京という大都会で暮らした経験がある。解放的な自然の中にいるのに、農民は必ずしも解放的ではないと感じていた。しかし、それが何故なのかという結論を得ないままに今日に至っている。

農民は心の中で思っていることを口に出して表現する能力に欠けているのか、それとも本能的に自己を表現するのは得策でないと思っているのかは分からない。「沈黙は金」という言葉が彼には大きくのしかかってきた。無難に無難にという思いは封建時代からの農民の賢明な生き方だったように思う。「出る杭は打たれる」という昔からの言い伝えもある。

しかしそれが領主にとって都合の良い倫理観だったことも事実で、それが都会にも蔓延しつつある現状を感じていた。

農村ばかりでない。都会でも「雄弁は銀、沈黙は金」という処世術が徐々に浸透している。それを農村から打破しようという睦子の提案には賛成だった。

一路を驚かせたのは、このレストランが無料で料理を出すということだ。

確かに高知の喫茶店に集まっていた主婦たちは商店街の人たちで、朝食の代金を支払う能力があった。ここでレストランを開いてもお金を払ってまで食べに来る人はいない。

「大丈夫よ。うちでも野菜は作っているし、足らなくなればうんと安く売ってくれる人はいっぱいいるもの。どこの家でも菜園で野菜を作って食べきれないから近所に配るけど近所も野菜を作っている人ばかり。だからといって市場に出荷するほどの量でもないんだから」

以前、睦子は野菜が余るからと皆で国道沿いに無人市を開いて野菜を置いた。一日中店番を置いたのでは経費倒れになるから無人市はいいアイデアだと思った。しかし、挫折してしまったのは、野菜は全部売れていたけどお金は半分も入っていなかったためだ。「気持ちが折れちゃった」と言っていたが、タダであげて喜んでもらったほうが良かったという気持ちは理解できる。

「お米もね、どこのうちでも田んぼ持って作っているけど自家で消費して少し余る程度の規模だから出荷するほどでもないのよ。余ったお米の行き所がない状態。山間地ってそういう状況だから国にはもう見放されているのよ。……平地の農業は規模拡大して機械化も進んで国の補助も受けられるでしょうけど僻地は余命幾許(いくばく)もないってことね。ガソリンスタンドと同じよ」

このレストランを思い立ったのは、康夫が昔スーパーマーケットで使っていたアイスクリームの冷凍庫を貸してくれと言ってきたことがきっかけになったらしい。自分の家の冷凍庫にはイノシシの肉がもう入りきらないという。

近年イノシシが畑を荒らし回り、畑には電気柵を張り巡らさなければならないという無駄な労力と経費が村民の肩に大きくのしかかってきている。


康夫は高校を卒業してから役場に就職した。

就職してから平成の大合併があって大洲市の職員となった。合併というのは職員の経費削減が目的であるから折に触れて早期退職の勧めが来た。

康夫のパソコンのメールにまで退職金増額の誘いが来るようになった。自分一人を狙い撃ちしているのではないことは分かっていたが、農村で育った彼には居座るという図々しさが欠けていた。

毎日針の筵に座らされているような勤務状態でとうとう退職に踏み切った。

退職して彼は父親の養豚場を手伝いながら、好きな鉄砲で仲間と共にイノシシの駆除の仕事に就いた。一頭仕留めるたびにイノシシの尻尾を持って役場に届けると一万円の報奨金を得ることができた。

捕獲したイノシシはさばいて仲間たちと分け合った。家畜を屠殺処分するには国の許可が必要であるがイノシシは家畜でないので自分たちで解体し食用とした。

しかしイノシシの肉は調理方法が市販されている豚肉のように、ステーキだとか生姜焼きとか、とんかつには向かない。牡丹鍋のように煮るか、細かく刻んで炒めるしかない。睦子はレストランのメニューは数種類と限定して始めるらしい。余剰食品を集めて作る料理ならそれが賢明である。

都会で出されるグルメな料理ではない。和気あいあいという雰囲気づくりの料理なのだから、そして喋ることが苦手な人の口を滑らかにする料理なのだから高級感はご法度だ。

無料レストランは睦子の期待に反して人は集まらなかった。

用心深い村人たちにとって無料の食事は警戒すべきことだった。これが選挙のための投票依頼が目的だったり、行政からの交付金だったりすればたくさんの人が集まる。タダ酒には意気衝天するのだ。

無料を看板に掲げたレストランに人が集まらないことを気の毒に思って、一路や睦子の友人数人が毎日昼食をとりに来た。そのたびに野菜や果物、あるいは自家用に作った漬物や果物を持ち寄って食卓は常に華やかだった。村には食材があふれているのだが大量な生産体制を持たなくては市場出荷もおぼつかない。

大量に農産物を生産しようと思えば広大な耕地が必要で、山間地でそのような造成を図れば土砂崩れなどの災害に見舞われる可能性も高くなる。

バブルと呼ばれた時代に、この地方では栗の価格が高騰して猫も杓子も栗の栽培に奔走した。雑木の山を伐採して等高線上に平地を造成し、そこに栗の苗木を植えた。

しかし価格の高騰は足掛け三年ほどで、その後は過剰生産となり造成費用だけが村人の大きな負債として残った。

何に挑戦してもこの国では過剰生産という壁があり、それが常に輸入農産物によって引き起こされることを農民は嫌というほど思い知らされてきた。何もしないのが一番という思いは誰しもが持っていて、何かに手を出せば必ず負債が発生するのは理の当然だった。

三　カレーライスの肉は聞かれなければ言わない

梅一輪、一輪ほどの暖かさとなったある日、店先に一台のクルマが止まり五人の女性たちが降り立った。五人とも四十代くらいで、軽装ながらも都会的なセンスを感じさせる。「無料レストランって無用の間違いじゃないの」などと言って店内に入ってきた。

「タダで食事ができるんですか？　私たちワラビを探しにここに迷い込んじゃったんですが、どこかワラビの生えているところ知りませんか？　知っていたら教えてください。松山から来たんです。……それと、もうお昼時だから食事していきたいんですがタダは怖いからお金払わせてください。お金払わせてくれるんだったら食事していきます」

草色のスカーフを巻いた女性が口を開いた。

この女性客たちはずいぶん失礼なものの言いようだとは思ったが、一路はこういうズケズケものを言う人を久しぶりに見たような気がした。新鮮にさえ思ったのだ。

「忖度」という言葉が流行語になった。人のことばかりを慮って本音がなかなか出てこない。言い合いをなるべく避けて通りたいという思いが先行してかえって物事の本質から遠ざかっている。何もかもが上っ面をかすめて通り過ぎていく。このようにして国の未来は奈落に落ちていくような気がしてならなかった。

「私どもの長男がこの上で牛を飼っています。彼がワラビの密生地を知っていますから案内してもらってください。鎌で刈るほどの密生地ですよ。それから無料がお嫌でしたら向かいのガソリンスタンドでガソリンを入れてってください。それで納得していただけたらうれしいんですけど……。ただここは一品料理にサラダが付くくらいで、今日はカレーライスなんですけどいいですか？」

睦子はそう言いながら皿とスプーンをそろえ始めた。彼女たちは、ガソリン代は三千円弱だろうから一人五百円相当になる。それなら見合う金額だと暗に計算したのか納得した様子で腰を降ろした。

今採れるサラダの材料は花菜くらいで、これを胡麻和えにしたものを出すと、菜の花のつぼみという、この旬の素材に女性たちは大喜びした。

しかし、カレーライスの中に入っている肉がイノシシであることは聞かれなければ言わないことにした。

サービスで出した長男大輔のところの牛乳も「搾りたてってこんなに美味しいの」と大騒ぎされた。あとで大輔から電話があり、友達に配るから一リットルの瓶に入れて十本売ってくれと言われて困ったと聞かされた。


一人の女性客が戸惑いを見せた。帰り際のことだ。

「そうか、無料だからレジがないんだ……」

彼女の言葉に、他の女性たちも「そうか、そうか」「なるほどね」「必要ないものね、無料なんだから」と盛り上がっている。習慣的にレジカウンターを探してしまったのだろう。

睦子は微笑みながら、彼女たちを見送りに立った。

「松山に帰ったら友達にここのことを話したいんだけど、無料だからって大勢の人間が押しかけたら迷惑よね」

草色のスカーフの女性が睦子の顔を覗き込んだ。

「大丈夫です。たくさんの方にいらして欲しいわ」

睦子は満面の笑みで答えた。

女性客たちは、それぞれ睦子に礼を言いながら、にぎやかに店を出ていった。彼女たちが滞在していたのは一時間ほど。途切れることなく話に花が咲いていたせいか、客たちのいなくなったレストランはいつも以上に静まり返っているように一路には感じられた。

今日の料理の素材は全部近所からの持ち寄りでお金のかかっているのはカレールーだけだった。


それから松山からの客が次から次へと現れた。土曜日、日曜日は子供を連れた家族が多く、平日は熟年夫婦が多かった。

訪れた子供たちが、「ここはガソリン入れるとご飯がタダで食べられるんだよ」などと無邪気に話す姿を、睦子は微笑ましく、そしてうれしかった。

一方、訪れた人たちはいっぱいのワラビを抱えて帰っていった。

村人も、自分たちだって日常ガソリンを入れているんだから食事を食べる権利があると思ったのか、日ごとに無料レストランの客数は増えていった。そして、睦子を気遣って米の差し入れも一挙に増えた。

しかし、そんな隆盛を誇ったのもワラビの出る時期だけであって、シダの葉が生い茂り若葉の季節になると松山からの客足はピタッと止まった。ガソリンを入れるだけで食事をして帰るのは気が咎めるのだろう。来る目的がなければ好意に甘えられないというのが人間の心理だ。

一路はワラビに代わる何かが欲しいと思った。

長男の大輔を呼んで牛の放牧場を作るように勧めた。搾乳牛を放牧するのが難しければ子牛でもいい。子牛は夏の間、高原地帯に預けて飼育してもらい労力の軽減を図っている。一番いいのは母乳を出す牛と子牛のセットがいい。母牛が子牛に乳を飲ませる風景は絵になる。絵になることを都市の住民は求めているのだ。とはいえ、経営という面から見れば無益だろうからそこは大輔に任せるしかなかった。

一か月後、放牧場は完成した。初めこそ一路の提案に懐疑的だった大輔も、村の危機的な将来を人一倍危惧していたこともあり、前向きに取り組むようになった。若者は一度決めたら行動はエネルギッシュだ。一路たちにも意外なほど早く、牧場は完成したのだった。

睦子は、放牧場が完成すると同時に案内状を発送した。これまで無料レストランを訪れた客たちに向けてである。

実は、店のカウンターに四角い紙のカードを置き、そこに名前や住所を書き入れてもらうようにしていたのだ。勿論、強要はしなかったが、ほぼ百パーセントの客がこころよく記入してくれ、専用の箱に入れて帰っていった。これを元に名簿を作っていたのだ。


一路は知らなかったが、アトピー性皮膚炎・花粉症などある種のアレルギーに対して牧場は改善効果があるという。家畜の糞にはエンドトキシンという成分が含まれていて、その成分が空気中に漂っているらしく、悪さをする免疫細胞と、凌ぎ合うほかの免疫細胞の活性化を促すそうだ。

そういうアレルギーを持った子供連れの人たちは牧場で食事をすることを望み、睦子におにぎりを作ってほしいと懇願した。

無料のレストランでおにぎりを作れとは虫のいい話だが、睦子はそれだけお客さんの懐に飛び込めたと喜んだ。

大輔のところにも経済効果が表れ始めた。牛乳が売れるのだ。牧場を訪れた客は近所の人の分も頼まれたからと一リットルのボトルを持ってたくさん買いに来てくれた。

この収益は大輔の妻、時恵の所得となり彼女の生きがいとなっているようだった。農村の主婦にとって現金が入手できるチャンスはめったにない。そこには魔力のようなものが存在している。

人がこの集落を訪れれば訪れるほど村営ガソリンスタンドの収益が上がっていった。伸介の半分の手当てが満額になって、なお村の現金共有財産が増えていった。とはいっても、この集落の未来が明るくなったわけではないのだが。

これらの展開は集落の延命策でしかなく未来の展望とは繋がらない。子供たちはより文化的でより収入の多い都会に出ていく。それを止める手立てを村民は持っていないし、日本全国の農村でもその流れを阻止するためのものは何も持ち合わせていない。

大都会への人の流出を止める、金銭よりもっと大きな価値観は存在しない。この集落の余命があと十年か二十年であることは何ら変わらないのである。

共産主義というアンチテーゼを失った資本主義はいよいよその本領を発揮し始めたといえる。そうした流れの中に都市文明の肥大化が進み農村の衰退は加速していった。未来永劫、食糧の安定供給という問題を人間は避けて通ることはできないだろう。しかし食糧生産というのは資本主義のテーゼには合わない。資本主義の法則では農業は永遠に、その利潤において商工業には及ばないとある。

利潤において劣る農業に、今なお従事する者がいるのは、その土着性ゆえだろう。したがって徐々に農業従事者が減少するのはいなめない。

暴走する資本主義はどのような終着を目指しているのかと一路は時々考える。人間の欲望。それは共存でないことがはっきりしてきた。弱者と強者という色分けが鮮明になってきており、その強者はますます強者となって更なる貧困が増大する。

もし、自分がこの資本主義社会の強者だったら何を理想とするだろうと考えると、奴隷制度に行き着く。資本家の言いなりにならざるを得ない労使関係が構築されれば、それは鞭のない奴隷制度に他ならない。

一路は中学生の頃、父親に一度逆らったことがあった。

この地方のような山間の寒村では、下校後に家の手伝いをすることは当たり前だった。授業が終わってから図書室に出向き本を読み漁るのが唯一の楽しみだった彼は、例によって図書室で本を読んでいると、父甚助が突然入ってきて、耳をつかまれて引きずり出された。

それ以降、彼は授業が終わるとまっすぐに家に帰らざるを得なかった。そのとき父親に放った言葉が「僕はお父さんの奴隷じゃない！」だった。甚助はその言葉に少しも動揺せず態度を変えることはなかった。

あのときの言葉をいまだに思い出すのは、自分が息子の大輔に言われたら動揺せずにいられないという思いからだ。

この集落の中でも比較的学業成績の良い者は家の手伝いを嫌った。しかし大輔は幸か不幸か、いや幸いにも学業成績がさほど良くなかったので家の手伝いをいとわなかった。

卒業してから都会に出たいと言われれば止めることはしなかっただろう。自分には父親のような強い信念がなかったと思う。一路は大学時代、父親に止められていたアルバイトを内緒でしていた。送金だけでは生活費が足りなかったわけで、とりわけ時給の高い肉体労働を選んだ。

一輪車に生コンを積んで橋桁の上を何往復もしたりする建設現場や、多摩川に出掛けて大型のトラックに砂利を手積みしたり、大井競馬場の大きな銀杏（いちょう）の木を移動したりもした。そんな仕事を難なくこなせたのは、小さい頃より家の手伝いをさせられていたから肉体労働に堪えられるだけの体ができていたためだろう。そのときは賃金をもらっていたので奴隷という反感はなかった。

父親から衣食住をあてがわれていたのだから賃金以上の恩恵を受けていたはずだが手伝いを強要されることに対する反感は強かった。金銭が関与するとそれほどに感覚が、かけ離れるのか。

意思の問題もある。自ら望んで行う行動と、望まずに、他人の指図で行う行動の差だ。

都会に出ずに村に残り、曲がりなりにも家業を継いだ者は、歳を重ねて幼い頃の家の手伝いを貴重な、代えがたい体験と述懐する者が多い。

鉄は熱いうちに打てというが、強い信念がなければ子供に家の手伝いは強要できない。一路の父甚助は無学ではあったが、強い信念を持っていた人で、「無学」という言葉を当てることはできないと思っている。


ある日、睦子はいいものを見せてやると言って手招きして一路を居間に呼んだ。

いいものと言われれば好奇心が湧く。その好奇心を決して落胆させないのが彼女だということを、長年連れ添ってきて彼は肌で感じとっていた。

「いいものって何？」

居間の小さなテーブルの上には小さな林檎が一つ置いてあった。

「かわいいね。こんな素朴な林檎どうしたの」

一路にとってこの林檎は感激的な出会いだった。最近の林檎は品種改良が進んで色や形のいい立派なものばかりである。こんな素朴な林檎と出会うことなど奇跡に近かった。

林檎に素朴さが必要かといえば生産者は首を横に振るだろう。大きくて立派で芯近くには蜜があるような高価な林檎が氾濫する日本で、果物に何かが欠けていると感じていた一路だったが、初めてそれが素朴さだと痛切に思った。

　立派で見栄えのする商品の開発技術は、そのまま日本人の驕（おご）りに反映しているように思えて、この小さな林檎が一路に与えた影響は大きかった。

「無料レストランに来たお客さんが大事そうに一つだけ持ってきてくれたのよ。ニュージーランドの林檎だって」

　その来客は若い頃、キューバで日本語学校の先生をしていたという。キューバでは林檎はできないのだろう。いつもメキシコ産の林檎を食べていたらしい。そのメキシコ産の林檎が懐かしく店頭で見つけたこの林檎を思わず買ってしまったというのだ。

「この林檎、どうやって食べたらいい？」

　もう食べ方は決まっていると言わんばかりの質問の仕方だ。

「まず、皮ごとだな。皮をむいたらもったいない。それから四等分に切るんではなくて包丁で削ぎながら代わりばんこに食べよう」

　しかしこの林檎はすぐには食べなかった。もう一晩、眺めてからにしようと睦子が言い出し、食べたのは翌朝だった。

四　ポニーテールの後退り

辰夫と恭子が再び村を訪れたのは三年後のことだった。

軽トラックにさほど多くない家財道具を積んで戻ってきた。予告なしにやってくるのも二人らしい。

恭子は初めてやってきたときとそれほど変わっておらず、髪はポニーテールにし、トンボメガネをかけている。丸顔に不釣り合いなほどの大きなメガネが特徴的で、一路も睦子も、目の前の女性が、三年前のあの日、唐突に登場した女の子であることを認識するのにそれほど時間はかからなかった。

「三年かかったのは、資金を作っていたから」

恭子は相変わらず赤い長靴を履いており、メガネ以上に目立っている。

「まあ、そうなの。ここに戻ってくるために……？」

睦子はうれしそうにしている。

「そう、この三年働きづめだったの。子作りじゃないよ」

恭子は笑いながら、さっさと荷物を二階に運ぼうとしている。そこへ辰夫が入ってきて、深々と丁寧に頭を下げる。トンボメガネと同様、不釣り合いなほどに、辰夫のほうは礼儀正しい。

「おばさん、朝昼晩三食お願いね」

二階から降りてきた恭子が声をかけると、申し訳なさそうに辰夫がもう一つ頭を下げた。睦子は二人を大いに歓迎しているようだが、一路は大変なことになったと内心穏やかではない。とりあえず、睦子のことを「おばさん」と呼ぶのだけは何としてでも阻止しなくてはならないと、恭子と向き合う。

「おばさんという言い方はどうかな……」

一路の言葉に、恭子はキョトンとしていたが、すぐに思うところがあったのか、「そうだよね。おばさんまだ若いもんね」と答えた。一路は「若い、若くないの問題じゃない」と思ったが、のみ込むしかなかった。これ以上言ってもややこしくなるだけだと判断したのだ。

一路は、主だった村の仲間を集め、辰夫と恭子の今後を話し合った。

何はさておき、住まいを決めなくてはならない。空き家はたくさんあるが、なるべく修繕の経費を抑えたい。畑も居住スペースとセットで考える必要があり、二人の希望に沿うものにしたい。

こうして話し合いを重ねた結果、一軒の空き家が候補に残った。康夫や泰然の寺からも近い高台にある。建物の傷みが少なく、一日もあれば修繕できてしまうところも望みどおりだ。

早速、一路は二人をその空き家に案内した。昨年まで高齢女性が一人で暮らしていたその家はこぢんまりとした平屋だが、きれい好きな住人によってよく手入れされていた。

庭の続きには畑がある。主がいなくなっても畑がそれほど荒れていないのは、康夫や泰然らが定期的に除草をしているからだ。

庭からは、村を一望できる。

「ロケーション最高！」

恭子はうれしそうに辰夫の顔を覗き込んだ。

「思った以上に建物もきれいだし」

いつもひかえ目な辰夫の頬も輝いている。

「簡単な修繕ですぐに住めるようになるだろう」

一路が言った。

「私たちが無料レストランの二階に転がり込んできたから、こりゃ大変だって思ったんでしょう。一日も早く二人の住むところを探さなきゃならないって」

恭子はいたずらっぽい笑顔を向けた。一路は苦笑したが、アタマの回転は悪くない子だと、恭子の意外な面を発見したような思いだった。


恭子は、村に戻ってきて早々に村人たちといさかいを起こした。

その日、無料レストランには相撲中継を見ようと十人ほどの男たちが集まっていた。事件が起きたのは、千秋楽の優勝がかかった一番で、最後の仕切りに入り、誰もが息をのんでその瞬間を見守っていたときだった。

あろうことか、恭子が何も言わずにテレビの電源プラグを引き抜いてしまったのだ。

「バカ女が！　なんで消すんだ」

テレビのすぐ近くに座っていた敏正が声を荒げ、すばやくプラグを差し込んだが、再び映し出された画面には座布団が宙を舞っていた。

「土俵上はね、女性禁制なのよ。優勝者に賞状を渡すのも女性はダメなの。女性蔑視、女性は不浄という伝統よ」

それを聞いた一人が「不浄ってなんだ」と小声で言うと、恭子の耳に入り、「汚いっていうこと！」と一段と声を張り上げた。

「それがどうした。俺たちには関係ないだろう。女が土俵に上がれないのは古くからの伝統だ」

大相撲の中継が始まると、村人は仕事を早々に引き上げてこの無料レストランに集まってくることが多い。

相撲ばかりでなく野球やサッカー、ラグビーと、スポーツ番組は目白押しでマスメディアは国民に飽くことなく次々とスポーツという娯楽を提供する。

国際競技などになると一層人々は熱狂の度を増すことになるが、「熱狂する国民は扱いやすい」という言葉がある。一路は日本賛美の風潮と同じように今の日本の現状に暗い影を感じていた。

「女性が虐げられるような伝統には断固戦うのよ」

「お前、一人が戦え」

敏正は大一番を見られなかった腹立たしさを抑えきれない。

「あんたたちのお母さんは女性でしょ。その女性から産まれてきたんじゃないの？　それなら母親の人権に関心を持つのは当たり前の慈悲じゃないの。女性だけの問題だなんて言う人は人間じゃないよ」

恭子の怒りは収まらない。

「それにね。何で女性が食事の支度をしているのに男性は皆でテレビ観戦なの。食事が終わってからも女性は皿洗い、男性はさっさと帰っちゃう。それっておかしくない？　おかしいでしょう」

新屋の雅爺は「あの女は軍鶏メスだ」と言いながら帰っていった。新屋というのは苗字ではなく屋号だ。この地域では屋号で呼び合うことが多く、中には八百屋などという屋号もある。大昔に八百屋の行商を生業にしていたのかもしれない。

若い大輔が厨房に入って手を洗い始めた。こういう場合、若い者のほうが順応性はあるのだろう。

理屈としては彼女の言っていることが合っている。しかし楽なほうに流されやすいのが世の常であり惰性として楽に甘んじるのだ。

歯に衣を着せない言い方をされれば己に気が付くのだ。いや気が付いていたのを行動に移すきっかけとなったといったほうがいい。

室内には気まずい雰囲気が漂ったが女性たちは内心小気味いい思いだった。彼女が自分たちの代弁をしてくれていると思った。農村にはこういう不和を生み出す若い女性がいない。

一路はこのいさかいはいいことだと思っていた。村にはこういうアクシデントが全くないのだ。年配者は小娘にこき下ろされて不愉快かもしれないが、少しずつ今までのしきたりのようなものが氷解されていくと思った。

農村では力仕事をする男性が中心で女性は内助の功的な存在だ。

それ以前は戦争に行く男が中心だった。

戦国時代、何万という軍隊の大部分は農民で、戦が終わったら敵対した農民の村を襲って略奪した。その略奪に武士が参加して罰せられたという記録が残っているという。男社会というのは、すなわち戦争を肯定した社会ということだ。

古いしきたりを持つ農村に現代の都会の若者が加わればいさかいが起こるのは当然で、その中から未来が見えてくることを一路は期待した。

一致団結というのがこの国の美しい形のように思われるがそれは曲者だと思っている。団結しなければ不協和音を生むという前提は少数意見を抹殺するという内容を含んでいる。

安易に団結するなというのが一路の考えで、団結は最後に納得してからでいい。

二〇一八年四月、大相撲の巡業において土俵上で挨拶をしていた舞鶴市長がくも膜下出血で倒れた。観客の中から看護師の女性数人が土俵に上がって手当てをし始めたとき「土俵上の女性は土俵から下りてください」というアナウンスがあった。

相撲協会は行きすぎた行為だという声明を出したが、後日宝塚市で興行が行われたとき、女性市長は土俵上での挨拶を要求したが受け入れられなかった。また、静岡でのちびっ子相撲では女の子の参加は遠慮して欲しいという要望が出された。

大相撲が伝統というものの上に胡坐(あぐら)をかくのは明治時代の断髪令において相撲取りだけが髷(まげ)を結うことを許されたというところからくる。ちょんまげを結ったスポーツが珍しいから伝統だというのは滑稽にも見える。

公共放送でも毎場所中継されることからその地位は不動のものとなり、再三の暴力事件においても難を逃れ、何の根拠もない「国技」の名を欲しいままにしている。

それにしても伝統という名の下に何事も肯定されるというのは日本らしい。伝統とは古くからのしきたりで、悪いしきたりは改善されて然るべきなのが民主主義国家であり先進国といえる国の在り方だ。

恭子は日本の古くから存在する男尊女卑の風潮に厳しい反感を持っている。それを今風に言えばパワハラだとかセクハラという言葉で言い表わせるが、それらの言葉が伝統というしきたりの上で胡坐をかいているともいえる。

ある女性は毎日会社に出勤するたびに「今日のパンツは何色」と聞かれ、それが何で嫌なのか分からなかったが「セクハラ」という言葉が日常使われるようになって初めてセクハラだから嫌なのだと認識したという。

女性には、何を好んで男性が女性のパンツの色を聞きたがるのか理解に苦しむところだが、男性は聞かれて恥じらう女性を見ていわれぬ興奮を覚えるのだ。

女性が恥じらいを見せずに、スカートをめくって見せ、そのパンツにドラえもんの顔でも印刷されていたなら興ざめで、二度と見たくないと思う。

しかし、男性がそうしろというのは男のエゴで、男とはそうしたどうしようもない動物ともいえるのだ。

最近、財務省の官僚が雑誌記者を呼び出してこの手のセクハラを繰り返し、職を追われる羽目になった。彼は「言葉の遊び」という表現をしたが、まさに男にとっては罪を咎められずに淫欲を十分に満たす手段なのだ。

当時、この国の副総理大臣は「セクハラ罪」という罪はないのだから罰しようがないと言った。

確かに痴漢罪には接触があるがセクハラには体の接触がないから罪を問えないからこそ、上司の部下に対するパワハラを含んだセクハラは自らが絶対に戒めなければならない、罪以上に重い罪と認識すべきだ。

この財務省の元官僚は職を辞す羽目になったが、庶民には信じられないほどの退職金を得てその後の人生も決して悲観的とは考えられない。

この事件は被害にあった女性が会話の内容を録音していたために表舞台に出ることになったが、それでも売名行為だとか金銭欲しさからだといった被害者に対する世間の目は批判的なものも多くあった。

以前、災害被災地にボランティアで参加した女性がネット上でレイプ被害にあったと告白していた。その告白に対して、「被災地には善意で多くの人が集まっているのに、それに水をさすようなことを言うな！」という批判の投稿が多かった。

確かに被災地には宿泊施設が整っているわけでないからこのような事態が起こり得る。そして空き巣と同様に、そのような行為を目的とした男が多くいることも事実らしい。企業の不正を正す内部告発も、日本では告発者に対する批判的対応が厳しく、その後会社にいられなくなる事態が多い。

以前、学生時代に睦子がカナダ留学中にレストランで起こった事件を話したことがあった。

「ウェイトレスのお尻を一人の観光客が触ったのよ。そのウェイトレスは怒ってね、お金を払わせて店から追い出しちゃったの。そうしたら店内のお客さんが皆拍手をしたのよ。感激的だった」

日本ではこうはいかないだろう。まず店主は客を失って渋い顔をするだろうし、居合わせた客は、なんて気の強い女だとそっぽを向きかねない。

日本の男性には、たかがお尻を触られたくらいで騒ぎすぎだという思いがあるが女性にとってはいわれぬ嫌悪感で、その溝は深い。

「睦子さんだったらこの場合どうする？」

康夫は少し意地の悪い質問をしてきた。

「ここに来るお客さんは顔見知りの人ばっかしだからそんな事件は起きないけど、たぶん私だったら大人の対応をしてしまいそう。やんわり注意する程度で穏便に済ましそうね。本当は怒って追い出すくらいじゃないといけないと分かっているんだけど」

「恭子ちゃんだったら蹴飛ばしてから追い出すと思うよ」

康夫の、この一言に一同は大きくうなずいた。しかし蹴飛ばせば暴力行為で、それはそれで別の罪に問われる。正義の暴力は存在しない。

日本には〈大和なでしこ〉という女性を形容した言葉があり、この言葉は女性の理想のようにも使われる。それは社会に逆らわず男性に従順でおしとやかというイメージを連想させる。

このイメージを刷り込まされて生きてきた睦子にとって恭子は全く異質な存在で、恭子のような刷り込まれたものがない女性がこれからの女性の地位を向上させていくのだと思っている。

「農村の生活には刺激がない」と言う若者が多い。この刺激というのが何なのかということを突き詰めていけば「性」だ。その「性」というものが農村で満たされないのは恋人が作りにくいというだけではない。

不特定多数の多くの女性を鑑賞して楽しみたいというもので、体に触れさえしなければ言葉でも視線でも罪にはならない。そういう男の妖しい楽しみが都市文明の中には渦巻いている。

「ところで、その恭子ちゃんにも怖いものがあるんだ。この間それを発見した」

康夫は大袈裟に、いかにも大発見のごとく周囲を見回した。固唾をのんで次の言葉を待つ面々には、彼女の怖いものの正体に強烈な興味を持った。

彼女に怖いものなどないというのが村人全員の一致した認識だった。

「ハメだよ。この間、俺のところの栗林で地生え（じば）している野フキを佃煮にするので取らせてくれというから、この時期ハメが牙を磨きに来るから気を付けろって言ったんだ。そうしたら……」

康夫は腹を抱えて笑い出し、それ以上の話が続けられなかった。やっと息を整えて続きを話し出した。

「そう言ったら栗林に入る前にまっさおな顔をして後退り始めたんだ。尻を突き出して後ろ向きに後退り……」

　そう言ってまた腹を抱えて笑い出した。その姿を想像して全員が大笑いしたことは言うまでもない。実際にその光景を見た者もおかしかっただろうが、あのポニーテールが後退りする光景を想像すると、これはあり得ないことなのだ。そのくらい彼女は前向きで気丈で恐れを知らない女性だ。

　ハメというのは蝮（マムシ）のことだ。考えてみれば蝮は気の毒な動物で、自身に攻撃性はない。人間の足で踏まれたりすると噛みつくのだが、何もされなければ噛みついたりはしない。何故人間に踏まれるのかといえば、のろまなのだ。人間の気配を感じて他の蛇のように素早く逃げればいいのだが、なにせ足が遅い。もっとも蛇には足がないから動作が遅いということだ。

　それに不運にも蝮の牙には毒がある。ゆえに見つかり次第殺される。最近はあまり見かけなくなったのはそのためだ。

「怖いのはハメだけじゃない。本当に怖いのはムカデだと教えてやったよ」

　康夫は得意げに、上から目線で恭子に怖いものを教授したらしい。それを恭子は神妙に聞いていたというから、それもまたおかしかった。

ムカデは二十センチほどのものもいる。これに噛まれると、のた打ち回るほど痛い。半端ない痛さなのだ。

「長靴を履くときは必ず逆さにして振り、ムカデがいないことを確認すること」

そう教えてやった。そう言った康夫の鼻が幾分上に反り返っているように見えた。

恭子にはもう一つ、恐ろしくもあり気持ちの悪いものがあった。それは噛みつきはしないが、いかにも気持ち悪い。

貫太郎である。貫太郎というのは紫色をした大ミミズで、体長は大きいので四十センチほどある。大きいことも馴染めないが、その色は何とも不気味だ。

以前は鹿野川湖にこの大ミミズを餌にしてウナギを釣りに行ったものだが、最近はこんな大ミミズに食らいつくほどの大ウナギはいなくなった。

「クマンバチも怖がるでしょう。私たちも怖いもの」

睦子はいまだにクマンバチには馴染めない。テレビなどでも再三クマンバチに襲われたという惨事が報じられる。

「あれはね、むやみに藪を突っつかないこと、もしクマンバチが飛んでいたら石になることだと教えたよ。私は石です。刺すと針が折れますよって心の中で念じればクマンバチは素通りしていくと教えた」

これは一理ある。むやみに刺激しなければ蜂に刺されることはないのだ。

それにしても恭子がいない場に恭子を肴にして康夫の熱弁は留まることを知らず独壇場である。恭子の話題はいてもいなくても後を絶たない。

もっとも、この康夫の恭子いじめには魂胆がある。

以前、康夫が自宅のまな板と包丁を持ち出し無料レストランで調理をしようとしていたところ、包丁の切れ味が芳しくなく睦子に砥石（といし）を借りて研いだのだがなかなか思うようには切れ味が戻らない。そこに恭子が現れて「馬鹿ね、砥石を借りるんじゃなくてカンナでしょう」と一喝したのだ。

康夫はてっきり包丁の刃が減っていると思ったが、実は使い古したまな板の中央部分が削られ凹状になっていて、そのために野菜などがスパッと切れなかったのだ。

そこが素人調理人の悲しいところで主婦にとっては歯がゆいことこの上なかったのだ

ろう。恭子の歯に衣着せぬ言いようは康夫の胸にグサッと来たに違いない。康夫は江戸の敵（かたき）を長崎で討（う）ったことになる。

この数日後、恭子たちの歓迎会が無料レストランで開かれた。

例によって食卓は色とりどりに飾られ、ビールや日本酒も用意された。

婦人たちは先天的に料理作りが好きだ。都会では料理嫌いな女性が増えていると聞くが、農村では食材を持ち寄って作ることを楽しみにしている。

「美味しい」という誉め言葉に弱いということもある。男性が料理に箸を運ぶ姿を見て幸せ感を持つのは母性から来るものかもしれない。

しかし、こんなところにも女性の後進性を睦子は感じてしまう。犠牲になるということが日常化していて、そこに幸せ感があれば問題はないという流れはいかんともしがたい。

そして自分もその流れの中に身を委ねていることが歯がゆい。

「なんでよそ者の歓迎会なんかするんだ。ここは俺たちの先祖が作り続けてきた俺たちの村だ。ひとり受け入れればどんどんよそ者が入ってくるぞ。お前たちそれでもいいのか」

敏正だ。しばらく酒から遠ざかっていた彼はその分、酒の廻りが早かった。それを長老格の年配者が支持したのだからますます調子に乗ってしまった。

「よそ者を大事にするなら俺たちを大事にしろ。こんな都会育ちに百姓ができるわけがないだろう。チヤホヤするな！　よそ者は帰れ」

「そんなこと言ってるから農村は衰退するのよ！」

　恭子はとやかく言えない立場にありながら反発した。その言葉に敏正は逆上して料理が並べられたテーブルをひっくり返したのだ。近くにいた女性たちは慌ててその散乱した料理をかき集めたがもう食べられた代物ではなかった。

　そのとき立ち上がろうとする恭子の袖を女性たちが引っ張って制したが、恭子はやんわりとそれを拒否した。

「都会はね、よそ者の集まりなのよ。よそ者の集まりで構成されているの。私の祖父母は大分県の農村から、辰ちゃんのご両親は青森から東京に移り住んだんだよ。今度は私たちが逆に都会からこの村に住むことになったんだよ。だからよろしくお願いします」

　恭子はそう言って深々と頭を下げた。

五　世界共通語はジェスチャー

よそ者は帰れ事件があって間もなく、恭子は外国人が四人来るから無料レストランの二階を貸してくれと言ってきた。

友達かと聞くと違うと言う。「世界の農村体験」というネット上のサイトがあって彼女はそこに登録している。この村のことを紹介したらフランスから二人、ドイツから一人、アメリカから一人の体験希望者があったというのだ。

彼らは一か月の夏休みをこうして外国の農場で汗を流して楽しむ。あるときは体験料を支払うこともあるが恭子は無料で引き受けた。それは三食を無料レストランで食べさせられるからだ。

一か月の夏休みというのも羨ましいことだがこれは先進国では普通のことのようだし、その貴重な夏休みに農作業を選んだという感覚も日本人には理解しがたい。

もっとも農業体験は一週間ほどで後は観光だという。一か月の観光はお金もかかるので彼らは決して無駄使いをしない。

外国人に村の子供が接する機会があることはいいことだと一路は喜んだ。

一番興味があったのは彼らが何故この辺ぴな地の農業を選んだのかということだった。自分の国の農業を体験するほうが手っ取り早いし理解しやすいだろう。農業先進国からわざわざ他国に出掛けていき、しかも決して参考になるような農業をしていない地域に興味を持ったことに一路は関心があった。

近代農業はどんどん機械化されて本来の姿を失い、工業に近い形態へと変わってきた。そうすることによって利潤も商工業に近づこうという試みと肉体労働からの解放という打算も見える。

時代に取り残されていく農業であるが、そこに本来の農業の魅力を感じているということの外国人から学ぶべきことは多いのかもしれない。しかし彼らが本格的に農業従事者となるのかといえばそこは疑問だ。

日本の農業も効率を求めて何枚もの耕地を一枚にまとめて大型化が進められている。農民が減少する一方で農業機械メーカーが繁盛するというのも皮肉な現象だが、これからの農業は耕地の集約から水耕栽培のような施設農業が主流になっていくのかもしれない。

化学肥料を水に溶かしてそれを作物が吸収して生育する。そのような農業ならもう土はいらない。現にこの地方でもトマトの水耕栽培が始まっており成果を上げている。しかしその施設建設には億という単位の資金が必要だ。

ここの集落のような有畜複合経営は、昔ながらの、家畜の糞尿を堆肥化して作物を作るという循環型農業だ。しかし、それは極めて生産能力が悪い。農業も工業製品のように効率よく生産するには自然から乖離する必要がある。

その一方で、そのように反自然的農業が普及すれば、人の自然への回帰はますます強くなるだろう。農業が食糧生産の手段というだけでなく、環境や健康、食の安全など相対的な価値に人々が気付き始めれば農業は復活するだろう。

問題はその日までこの集落が存続できるかということだ。

国連では二〇一九年から二〇二八年までを「家族農業の十年」とする議案が全会一致で可決された。これはコスタリカが代表となり日本を含む百四ヵ国が共同提案した。

近年、農業の効率性を測る尺度が変化してきている。一定の農地でどれだけ生産されるかという土地生産性は、大規模経営より小規模経営のほうが高いといわれてきた。また、化石燃料への依存性が低い小規模家族農業はエネルギー効率において優るという。

小規模農業は生態系を守る農業としても、また貧困対策としても中心的な役割を担い、家族農業以外には持続可能な食料生産の在り方はないとし、各国は地域の開発において家族農業を中心とした計画を実行すべきだといっている。

しかし、小規模家族農業では儲からないという現状があり、この共同提案国である日本においても何ら具体的計画が発表されておらず、工業製品輸出のための農産物輸入はますますその量において増え続けている。

以前にも一度この村に外国人がやってきたことがあった。

一路の大学時代の友人が国際ボランティア協会で働いていた。その男が、エチオピアの青年二人が過疎の農村を体験したいというので引き受けてもらえないだろうかと言ってきた。

　この二人が当時幼稚園児だった長男の大輔と仲良しになり、幼稚園に遊びに行きたいという希望で園長に許可をもらった。

　ところが村の子供たちは黒人の大男を見るのは生まれて初めてだったため、「怪獣が来た、怪獣が来た」と大騒ぎになり絵本やクレヨンなどをこの二人の黒人に投げつけたのだ。初めて見た大男の黒人は悪に見えたのだろう。見慣れないということは恐ろしいことで敵対心を持たせてしまう。人類の争いも相手を知り得ないための無理解が起因する。人間は知らないものを怖がり警戒する。

　昔は村でも流れ者が侵入すると密かに抹殺したらしい。知り得ない者は災いの種だというのが常識で、平和を守るというのは新しい人間や知識を疎外するという身に沁み込んだ慣習がある。

　彼らがこの村に来て一番興味を持ったのが資料館に展示してあった石臼だった。日本からの援助で電動式の粉ひき機がたくさん送られてきたが、彼らエチオピアの村には電気が引かれてないから、原っぱに錆びだらけになって積み上げられているという。この石臼があったら女性たちが大喜びするということで石臼三個がエチオピアに送られた。

恭子の紹介でやってきた外国人は若いフランス人の夫婦とドイツ人の男性、そして中国系アメリカ人の中年女性だった。睦子は食事が口に合うかということを盛んに気にしたが恭子はいつものとおりでいいと言う。

そしてこの四人は睦子の作る食事を感激して食べていた。恭子に言わせるとサイトに登録している人は食材に精通している人ばかりで、手の込んだ料理は歓迎しないと言う。

西洋人は肉食が主体だからと食事を肉食中心にするのが思いやりだと思う日本人が多いがそれは真逆だ。睦子の作った芋の煮転がしを四人は喜んだ。

恭子たちは自宅に住み四人の外国人は無料レストランの二階で生活するようになったため、睦子と外国人四人という組み合わせが多くなり、睦子の大きな不安は言葉だった。

「言葉って英語もドイツ語もフランス語も覚えるとなると大変じゃん。手話を皆で覚えれば世界共通で通じるよ。手話ができない間はジェスチャーがいいよ。ジェスチャーも世界共通だもの」

食事に集まってくる者にも恭子はジェスチャーでコミュニケーションを取ってくれと要望した。しかしそう簡単にジェスチャーができるものでもない。

御在所（ございしょ）村は肱（ひじ）川町と合併したが、その肱川町で写真屋を営む堀という男がいた。彼は細君から年金はあなたが自由に使って良いと言われ世界中の写真を撮って歩いている。

彼は日本語以外の語学を習得していないからすべてジェスチャーで押し通す。外国人から、なまじ英語で話す人よりあなたのほうがずっと理解できると言われると自慢げに話していた。

村人たちは世界共通語が手話だと恭子から聞かされ、これからも外国人がやってくるなら手話を習いたい、という要望が女性たちから出て、恭子はもう少し落ち着いたら手話の教室を開くと宣言した。

「私のパートナーの辰ちゃんは口や耳が不自由。だから皆が手話覚えてくれたら辰ちゃんとコミュニケーションがとれる。辰ちゃんはチョーきれいな絵を描く画家なんだよ。いつか無料レストランの道路に面した窓の下の長い空間に壁画を描きたいって言っていた。それから集落の家々の屋根を赤く塗ったらこの大自然の山間の地にすごく映えるって。辰ちゃんと私は夫婦だけど籍は入れない。私は辰ちゃんの所有物じゃないし、辰ちゃんも私の所有物じゃない。だから夫婦別姓を通すの。日本では変わっているかもしれないけど、韓国じゃ皆夫婦別姓って言うじゃん」

以前から恭子のものの言いようは古老たちの眉を顰めさせてきた。「こんな日本語はない」と言うようにまるで異質なものを見るように蔑視した。

しかしテレビを通して見る日本は、この恭子のような行動や表現は日常のことで特別のことでもない。

民族の衰微は言語の衰退から始まるというが、日本語の語彙の漸減は目を覆いたくなる。スマホという知能劣化の機器の普及も一因しているが外来語の氾濫も見逃せない。フランスでは外来語のむやみな使用は法律で禁じられているという。

「春」といっても色々な表現の仕方がある。春季、春期、春先、早春、初春、孟春、晩春、来春、小春……「時期や気持ちで使い分けたらもっと人生は豊かにならないか」と恭子に言うと、最初はキョトンとした顔つきをしていたが、「そうか、言葉の伝達じゃなくて心の伝達だね、手話の表情みたいなものだ」とすぐに反応した。

そして、「手話も手だけ動かして表情がなければ心が伝わらないもの」と言った。

語彙の漸減は思考の衰退に繋がるというが、確かに日本人全体にいえることで農村にはチャラチャラした言動はないけれど思考力の欠如が進んでいることは確かだ。

そして一路は、言葉はむちゃくちゃだけどこの恭子の中にある感性に期待していた。

「しかし、一路さん。外来語を使ったほうがぴったり感があるって感じないか。よくセンスっていう言葉を使うけど、日本語で何て言う。感覚力か？　日本語にしたら意味が通じ難い」

泰然(たいぜん)はそう言いながら「必ずしも外来語がいいというわけじゃないけど」と付け加えた。

「センスといっても色々な場合があるよな。でも外来語を使うとすべてに当てはまってしまうという、先入観みたいなものがある。洋服を選ぶセンスがいいとか、経営的なセンスがいいとかね。それってスマホのメールみたいなもので思考の短絡化に繋がらないか」

「洋服を選ぶ感覚がいい、とか経営的な洞察力があるとかいうわけだ。確かにセンスで済ませたほうが簡単、短絡的かもしれない。日本語のほうがメンドクサイな」

泰然は必ずしも短絡的な性格ではない。こういう話題を持ち出すのは自分に納得させるためでもある。曲がりなりにも僧侶であるから周囲の人間に対する影響も考慮に入れて喋る。

「恭子ちゃんは何で不浄って言葉知っていたの。テレビで相撲観ていたとき怒っていただろう。オレ帰って辞書を引いたよ」

あのとき、「不浄って何だ」と小声で言って恭子に怒鳴り返されたのは卓だった。これを持ち出すということは卓には遺恨はないということだろう。不浄という言葉も漢字にすれば分かりやすいが、話し言葉の中では理解され難いかもしれない。

「私は、ひいばばがトイレのことをご不浄と言っていたから、それで覚えたんだ。今の人はご不浄なんて言わないよね」

「チョーしか言わない恭子ちゃんが不浄って言うから、チョーにも意味があるのかと、オレ、カタカナ語辞典でチョーを調べちゃったよ」

そう言って周囲を笑わせたのは伸介だった。寡黙な彼の冗談を聞くのは初めてだった。

重かった口がだんだんに変化を見せ始めた者が数人いて、それは無料レストランの開店効果でもあるが恭子の持つ天性でもあった。

「しかし、言葉が簡素化されて思考劣化が進むとしても何か問題があるか？　学問は学者に任せてオレたちは食糧生産に精を出せば、それで社会は回っていくだろう。国民皆が学者になる必要はない」

卓のじいちゃんはそう言って一同を見渡した。しばらく沈黙が続いた。爺様に反論するのは臆するところもあったが、分担という理論もうなずけた。

「しかし、国民の知能劣化が進めばお上の言いなりになってしまうし、金持ちはその財力にものを言わせて好き勝手なことをするようになる。今百姓で食っていけないという現状を作ったのもお上の、農産物より自動車や家電の輸出に重点を置いているからで、その自動車や家電は大企業の大金持ちということだよ」

一路は爺様に分かりやすいようにお上という言葉を使って諭すように説明した。先の戦争ではたくさんの農民が軍隊に取られて帰らぬ人となったことに、言及しようと思ったがやめた。

靖国を持ち出されたら収拾がつかないことになりそうだった。

「そう、だから選挙に行って自分の意思表示をしろ、ってことだよ。仲介、お前選挙に行ってないだろう」

康夫は役所を辞めてからも、よく選挙管理委員会の仕事などに呼び出されて立会人などしていた。選挙に行くのは国民の義務だと言ってはばからない。

「選挙に行って何か変わるか、何も変わらんだろ」

大輔の言うとおり、確かに選挙のたびに期待し続けて、何十年もよく変わったことはない。むしろますます閉塞感は増すばかりである。

「しかし、選挙に行かなければよく変わることを拒絶していることになるだろう。義務を放棄して進歩は望めない。当たり前のことだ」

役所に勤めていたというだけあって康夫は生真面目で思考が真っ直ぐだ。融通が利かないといえばそういえるし、真面目だともいえる。こういう生真面目さは物事の裏側を知ろうとしないのだが、この社会では疑うことは潔い行為とはいいがたいというのが通念だ。選挙というのは本当に民主主義の根幹なんだろうかという疑問を一路は持ち続けている。

権力は腐ると言ったのは福沢諭吉だが、政権が不祥事などで行き詰まると内閣は総辞職して新しい執行部が誕生する。

同じ政党内での繰り返しだからこれは特定の政党の独裁というべきだ。極まれに野党が政権をとっても財源不足という、固定政党にしか運営できない財政の仕組みがあるようだ。

一路には選挙は民主主義を騙(かた)った国民のガス抜きではないのかという疑問を拭い去ることができない。

安保法制は戦争法ともいわれ、審議には各政党が選出した憲法学者が日本国憲法との整合性を正した。三人が三人とも違憲という判断だったがこの法案は議会を経て成立した。国会に憲法学者を招聘(しょうへい)したのは単なる儀式に過ぎないのか。それも与党の選出した学者は期待に反して違憲を主張し、その任に当たった国会議員は非難を免れなかった。

生真面目な康夫を如実に物語るのは毎月一回の古代史の会に欠かさず出席していることだ。

父親の武夫に言わせれば一文にもならない道楽だという。

金銭に結びつかない行動を道楽と片づけるが、生活の中でそれが本当の中心となって人生を充実させている人は数多くいる。むしろ、金銭に結びつかないからこそ本当の価値を生み出せるのかもしれない。以前、鉄道の好きな友人がいて当然就職は鉄道関係だと思っていたのだが、彼は好きなことを職業にしたくないと言った。その気持ちを一路は漠然と理解できた。

康夫の古代史の勉強は八世紀以前の日本で、まだ倭国といわれていた時代だ。

エジプトの古代史などでも前王朝の業績が消されたりする例は多くあるが、それは歴史というものは勝者が作り出すもので、ゆえに前政権の業績がゆがめられて後世に残ることが多い。

「越智国(おちこく)に、九州王朝の首都、紫宸殿(ししんでん)ありやか。古代愛媛に越智国という豪族がいたということは知っている。越智という苗字や地名はここには多いものな」

泰然は康夫が無料レストランに寄付した『葬られた驚愕の古代史』という本をパラパラとめくりながら独り言のようにつぶやいた。この本は康夫が師事する合田洋一という人の近著だ。

「要するに大和朝廷が出現する前のこの国は倭国といって、その首都が越智国にあったというわけか」

泰然は本から目を離して康夫に質問した。

「それは倭国が唐などとの白村江(はくすきのえ)の戦に敗れて以後、難を逃れて越智国に遷都したということで、資料などの出土があったわけでなく紫宸殿という地名が残っていることからの推測だよ」

「お前は、聖徳太子は架空の人物だと言っていたがそれは俺も聞いたことがある。しかし、それも推測か？」

「それは違う。聖徳太子の時代とされる頃の中国の隋書には、倭国の支配者は多利思北孤(たりしほこ)と書かれている。それを推古天皇だという人もいるけど多利思北孤には奥さんも息子もいると書かれているから同一人物ではない。推古天皇は女性だからね」

「それじゃ、何故、聖徳太子を作り上げなくちゃいけなかったんだ」

泰然は本から目を離さずに質問を続けた。その態度から必ずしもこの分野に興味があるとは思えない。真面目な康夫はそれに気付かない。

「前政権の九州王朝から八世紀の大和王朝に権力が移ったわけだけど、その大和王朝は建国以来この国を治めているのは自分たちだと、架空の聖徳太子を作り上げて前政権の功績を聖徳太子の功績としたわけだ」

泰然はやっと目を上げて康夫を見た。

「八世紀からが大和王朝が実権を握ったという証拠は？」

泰然の質問は詰問に近くなってきた。

「中国の旧唐書に新しい政権と国名が倭国から日本国に変わったと書いてある。付け加えると、聖徳太子の記述は古事記にも日本書紀にもないんだ。書けば嘘が生々しいからで、聖徳太子の名前が登場するのはその後からなんだ」

泰然は本を閉じ、「これ借りていこう」と立ち上がった。周囲の者もこの話には乗ってこなかった。知識がなければ話題に加われないのも事実だ。

康夫は意味もなく虚しい気持ちを味わったが、それが何故なのかは理解し得なかった。

六　都会の藻屑

康夫が豚の放牧場を作り始めた。

周囲に電線を張りそこに弱電気を流す。豚は賢いから一度電気に触れると二度とそこに近づかない。康夫がここに放したのは子豚ばかりである。子豚が機敏にこの牧場を走り回り、穴を掘り続ける姿は何ともかわいかった。

一路(いちろ)の孫、小春は暇さえあればここに来て子豚を眺めていた。大きくなったら豚を飼うと言われて、大輔は牛じゃないのかと笑った。

大輔のところは牛の放牧を始めて牛乳が売れるという経済効果があったが、豚では売るものに何も期待できない。

そんな揶揄を入れる村人に康夫は言った。「損して得取れという言葉知らないな。子豚を見に来る人は皆ガソリン入れて帰るだろ。村の現金収入がそれだけ増えるじゃないか」

と。そして「睦子さんの教訓を生かしてない」と真顔でつぶやいた。

「損して得取れ」を実践したのは康夫ばかりでなかった。

仲介の妻、早苗は村道に面した畑の一角に曼珠沙華を植え始めた。赤色と黄色の二種類で早秋には見事に咲き誇った。曼珠沙華は手間がかからない。植えておけば、忘れていても自然に、九月になれば至る所で自己主張を繰り広げる。

赤い曼珠沙華はよく見かけるが黄花はまだ珍しい。黄色というより黄金色で、豪華なたたずまいだ。小さな立て看板に「自由に摘み取ってください」と書き鋏を置いたのも早苗の配慮だった。

寺の住職の息子である泰然は池を開放した。自由に釣りをさせるというものだが、これは行きすぎだという声が上がった。むやみな殺生を禁じる寺が池から鯉を釣って食べさせるなど言語道断だと古老たちが言うのだ。

むしろ現実的だったのは悟のナマズの養殖だった。彼の家は村で一番耕作面積の大きな米作農家である。

御在所川の両脇に何枚もの田んぼを持つ農家でなく、川に頼らず大きな貯水池を持ち、その池を水源にして比較的大きな田を何枚も所有し、米作をしている。したがって刈り入れもコンバインを駆使して行われる。

その池にナマズを放流しようというのは外部から訪れる来客のためではなかった。ナマズの血液は赤い血でなく緑色である。釣って帰っても緑色した血液を持つナマズを調理することは気味が悪くてとてもできないだろう。

しかしナマズは調理の仕方によってはウナギのように美味しい。これを無料レストランに持ち込んで、ここに集まる村民や訪問者に食べてもらおうという計画だ。勿論、聞かれなければナマズだと言う必要はない。

これも金銭的成果には繋がりにくい。ガソリンスタンドの収益に繋がるという論理も最近では道楽の言い訳のように聞こえてくる。

巷ではウナギの稚魚の減少から高騰が続いており、土用の丑の日などはマスメディアの悲鳴に近い報道をやたら聞かされる。何もウナギを食わなくても死ぬわけではない。

それでも死活問題のように庶民が必死にウナギを食おうとするのは滑稽でもある。

このナマズは下の鹿野川湖に行って釣り糸を深く垂れると釣ることができる。ナマズは湖底を住みかとするが、糸をもう少し浅く垂れると鯉が掛かってくる。池での住み分けが違うのだからナマズと鯉と両方を飼うというのも一案で、鯉を来客が釣って楽しむというのもいい。

　豊かさを金銭に求めると行き着くところがない。欲望が更なる欲望を生むことになる。しかし多少なりとも金銭的成果が上がれば違っていたかもしれないが、ここでは望みのないことという割り切りから豊かさを金銭以外に求めようとする風潮が生まれ始めていた。

　金銭的成果とは欲望だ。その欲望は永遠に満足にはたどり着けないという宿命を持つが、それを追い求めるのが人間の性でもある。

　その性に抗することが至難ならば、むしろ金銭的成果を期待できないという宿運を持つこのような僻地で、道楽を研鑽することで豊かな幸せを追求できるのではないか。

　理屈ではそうかもしれない。しかしそういう境地に到達する道標がない。

　無料レストランに集まる者の最近の話題は人工知能（ＡＩ）だ。しかしこのような話題は村人にはとっつきにくい。恭子が食事に来たときを見計らって泰然が質問を浴びせた。

「人間の職業の半分は人工知能に取って代わられるというけど本当か？」

「多分ね。レントゲンを肉眼で見ても発見できない癌を人工知能なら見つけられるっていうんだから医者だって半減するでしょう」

「もっと単純な作業は人工知能化が早く進むっていうことだな。自動車の運転なんかもう実験が始まっているからな」

「ある地域のバス会社の運転手はすべて非正規社員だっていうよ。アルバイトだって。これって将来は運転手がいらなくなるから、今のうちにその準備っていうことだろう」

　悟が泰然と恭子の話の間に割って入ったのは彼の友人にバスの運転手がいたからだが、最近では正社員としての採用が難しくなっている反面、マスコミなどでは、やたらと雇用環境の拡大をニュースの中で流している。

「野菜なんかは水耕栽培にすれば人工知能化はたやすいけど米はだめだろう。米は水管理や畔作りなんかあるから人工知能が入り込む余地はない」

　悟は自分の職業は人工知能だって侵されない領分だと言わんばかりだが、恭子は「それは分からないよ」と水を差す。

ＡＩといえば、一路には思い浮かぶ場面があった。

ある日、朝起きてトイレに行こうとしたらふらついて方向が定まらなかった。脳に障害でもできたかと恐怖が走った。三半規管の変調かもしれない。脳神経外科に行くには大袈裟になりかねない。とりあえず耳鼻咽喉科に行った。

検査では、目に黒いマスクを当てられ色々な方向を向かされた。眼底には異常は見当たらなかったらしく、次に血圧を測ることになった。看護師に「患者が多くて」と案内されたのはスタッフ控え室だった。

ここで横になって二回、五分の休憩をはさんで一回、更に五分の休憩をはさんで、今度は立ったまま手を横に伸ばして血圧を測った。

医師は検査結果の画像を熱心に見ながら、「どこにも異常は見られませんが少々血圧が高いので血圧からくるめまいでしょう。他の病院で血圧を調べてもらってください」と言った。

医師は丹念にパソコンの画面を見ながら事務的に、そして全く無表情だった。雑談などというものもなく淡々と検査結果を伝えたに過ぎない。これなら医者がＡＩだったとしても何の差異もないことになる。

血圧が高かったのには思い当たる節があった。通された部屋のスタッフ控室は若い女性の看護師たちの休憩所だ。昼休みでくつろぎ出勤時と退社時には着替えをする場所だ。そこで血圧を測られたのだから数値が高くなって当然だ。

ＡＩ医師にそんな言い訳を言っても馬耳東風なことは明白で、彼にそんな忖度の分かろうはずもない。ＡＩを導入しなくても、もう十分その存在を知らしめている。そしてこの件を睦子に弁明するわけにもいかなかった。

「人工知能がこの社会に普及すれば確実に失業者が増えるね。だから大企業は労働者に支払う賃金を出し渋って内部留保が増え続けているんだろ。先を見通しているんだろ。坊主は人工知能にとってかわられることはないけどね」

泰然は坊主の仕事より野良仕事のほうが比重は大きいのだからあまり胸を張って言えるものでもない。

近頃では愛媛県の医科大学で献体が増え続けて受け入れを中止しているという。献体すれば葬式も墓も、数年に一回の法事もすべて医療機関が行ってくれるというのも一因のようだ。

これは医学の進歩に協力するというより最近は貧困対策の色合いが強い。マスコミなどでは紹介されることがないが貧困はじわじわと日本全国に広がっている感じだ。

この山間地の村の生活は過去から未来に渡って貧困だ。年収二百万円前後なのだから低所得者の部類に入る。住まいがあって食糧が有り余っているのだから悲壮感はないが、貧乏なことには変わりない。

「日本は経済大国でＧＤＰは世界第三位。でも国民ひとりひとりのＧＤＰ、国民総生産は二十七位だって。要するに大企業は大金持ちだけど国民は貧乏だっていうことだよ」

泰然は過疎地といわれるこの地方も含めて日本の国民は決して裕福なんかではないと言うが、都会の人間に比べて明らかに貧乏だ。決定的に収入額が違う。

しかし貨幣という基準で単純に比較するが、都市生活者は家賃や住宅ローン、生活費など農村以上に出費が多いことは確かで総額の収入だけを比較して物事を判断するのは早計かもしれない。

金銭的収入に結びつきにくければ道楽と言われそうな農村の生活だが、問題なのは働いても、働いても一向に金銭的には楽にならず借財を残す結果になりかねないことだ。その結果、重労働ばかりが重くのしかかり悲惨さが生まれる。むしろ金銭的向上心を持たないことこそ農村での生き方の極意かもしれない。

日本が経済大国であるという根拠はＧＤＰが世界三位だということだが、多くの国民がそのＧＤＰとは何かという本質を知り得ない。

ＧＤＰは単に一国で消費されたお金の総額で、交通事故で死者や重傷者が出ても、救急車、医者、棺桶、弁護士などが必要となるのでＧＤＰは上がるのだという。

一路の懸念するのは日本の財政だ。国民ひとりひとり、すなわち、赤ん坊を含めて借金が七百万円にもなるという。政府の財政再建政策は二〇二〇年から更に五年先送りとなった。

しかし、二〇二〇年に財政が再建されるなんて誰も思っていなかったのではないか。空論が更に先送りされたに過ぎない。

日本の経済学者は、日本は海外からの負債が少ないのでデフォルトの可能性はないと言う。確かにそのとおりだと思う。それならばどこから借金をしているのかといえば国民の銀行預金だ。

学者が大丈夫だと言うのならそのとおりなのだろう。しかし、戦後、米を食うと頭が悪くなると言ってパン食を薦めたのは学者で、それを一路の父甚助は苦々しく思っていて、学者などは誰かの手先だと決めつけた。

この世の中のすべては、何者かによる教唆だという胸奥に潜めた疑心は、彼を一層無口な人間にした。

その後日本人のコメ離れが進み、アメリカからは小麦粉が洪水のように流れ込んできた。日本の農業の衰退は敗戦によってもたらされた負の遺産でもある。

甚助は一路以外の人間に襟懐を開くことなく五十五歳の生涯を閉じた。

無料レストランの朝食にはさほどの人は集まらなかった。

やはり朝は家族でゆっくり食事をするのがいいのだろう。そして昼には村外の人が、そして夜は毎晩討論会のように人が集まった。酒を飲まずに喋れるようになってきたのは、この集落にとっては奇跡に近い。もっぱら話題は政治や経済、日常のテレビや新聞のニュースが主なもので、すべて疑問が出発点となった。

ある日の昼下がりに悟がやってきた。

「野村町の四国産業の社長とここで待ち合わせているんだ。今度、バケット付きのトラクターを買ったんだけど、昼飯を奢るから負けろって言ったら十万負けてくれたよ。古いトラクターの下取り代金だけどね」

昼飯を奢るというのは無料レストランでのことだから悟が支払うわけではない。ちゃっかりしているのは悟の個性だが、それだけ村では商売上手ともいえた。

業者も無料レストランのことは承知しているのでお互い分かりあった仲だ。

「諭吉先生が百枚も必要なんだよ」

悟はそう言いながら机の上で一万円札を数え始めた。人前でお金を数えるなど都会では物騒この上ない。睦子は注意しようかどうか迷ったが、悟の次の言葉に受け答えすることになった。

「諭吉先生は、人間は生まれながらに皆平等だと言ったけど、そんなことはないよな。この世の中、不平等だらけだよ」

「福沢諭吉は世の中の平等を言ったのではなく、生まれたときは皆平等だと言ったのよ。不平等は学問をしないから、つまり学問をする者は地位や名誉や富を得られるというわけ」

「それはおかしいだろう。大学を出たからといって必ずしも大金持ちになるとは限らない。金持ちの多くは政治家の息子や会社の社長の息子みたいに世襲だよ。生まれたときから不平等だろう。諭吉先生は間違っている」

「明治の頃は大学を出れば人生は保証されていたみたいなものだったのよ。もっとも、相当な資産がなければ大学には行けなかったでしょうけど。でも、今は猫も杓子も大学に行く時代だから希少価値がなくなったわけ」

「一路さんは国立の大学を卒業したわけだろう。村に帰ってこなかったら出世したかな？親父たちは、一路さんは帰ってこないと思っていたから驚いたらしいよ」

「悟君。芥川龍之介の『杜子春』という短編小説があるのよ。それは仙人が杜子春にお金をくれるんだけどすぐ使い果たしてなくなってしまう。再三お金をもらうんだけどまた使い果たす。そこで仙人になればいくらでもお金を使うことができると、杜子春は仙人になることを希望するわけ。仙人はこれから何があっても声を出さないと誓えば仙人にしてやろうと言うの。色々な残忍な場面が表れても杜子春は声をあげなかったんだけど、馬の姿をした母親が鞭(むち)で打たれる場面には耐えきれなくて「お母さん」と声を発してしまって仙人にはなれなかった。うろ覚えだけどだいたいこんな話。一路さんは出世しなかったと思うよ。優しいから……」

「うん。わかるような気がする。帰ってこなかったら一路さんは都会の藻屑だったね。帰ってきて良かった」

　無料レストランの前に軽トラックが横付けされた。荷台にはトラクターが後ろ向きに載せられている。前方にバケットが備え付けられているのでこのような積み方になったのだろう。

　これで堆肥運びなどは一段と楽になる。集落で、ほとんど既成の肥料を買うことがないのは大輔のところの牛糞と康夫のところの豚糞があるからで、家畜の糞尿によって農作のリサイクルが確立している。

福沢諭吉は、人は生まれたときには貴賤や貧富の区別はない。しっかり学問して物事をよく知る者は地位や名誉や富を得る。そして学ばない者は地位も低く貧乏だという。日本人は明治以降競争に明け暮れ、煽られてきた。学ぶということも競争社会の中に取り込まれ今日に至っているのは不幸だ。学問をするということが地位や名誉や富に関係なく人間の内面を豊かにするという指針がいまだに示されていない。学問は依然として営利目的だ。

アドルフ・ヒトラーは意味のないことを教えろ、価値のないことで競争させろと言ったという。学問をする意味が明確でない今、無意味なことを教えられていないだろうか？価値のないことで競争させられていないだろうか？

睦子は悟との会話で宿題を一つ与えられたような奇妙な気持ちを持たされた。

七　恭子の尻尾

恭子たちが移り住んでからまず手掛けたのは鶏舎作りだった。

それも今主流のケージ飼いの大量生産、大量消費のものではない。鶏を地面の上で飼う平飼い養鶏で、ひと昔もふた昔も前の養鶏法だ。

養鶏家でなくても昔は庭先で自家用の鶏を飼っていたから、商店からタマゴを買ってくるようなことはなかった。

そんな庭先養鶏が姿を消したのは買ってくる飼料が高く、スーパーマーケットでタマゴを買ってくるほうが安上がりになったからだ。買うということが気持ちを高揚させるということもあった。

作るより買うことがおしゃれなのだ。そして買うことは作るより簡単で、高所得者のイメージがある。

恭子の言動の軽さから考えれば彼女は作るより買うタイプだと思うが、その表裏がよく分からない女性でもあった。

鶏舎は片流れのトタン張りで周囲に金網を張った。金網が地面下二十センチほどに埋けられているのは外部からの野生動物の侵入を防ぐためでよく考えている。多分そういう手引きの本があってその本のとおりに作製しているに違いない。止まり木を中央に集中させているのも夜間の野生動物の侵入を防ぐのに効果がある。

素人大工の辰夫は山から杉の間伐材を切り出してきてはコツコツと鶏舎の骨組みを完成させていった。

山林は苗の植え付け時は比較的密度を濃くするので杉が大きくなるにしたがって間引き、すなわち間伐材の切り出しをしなければ理想の大きさには育たない。

しかし、この間伐材が高く売れるという保証がないので、どこでも間伐の仕事は遅れ気味だ。

この間伐材はそのまま使ったのでは幹と表皮の間に虫が入り、材木として使用困難をきたすので、まず皮を剥く仕事から始めなければならない。それもまた重労働だ。

辰夫が間伐材を切り出してくれることには大助かりだが、この仕事も平地で行われるものではないので難儀だ。しかも密集した杉は枝が重なり合っているので、チェーンソーを使ってもなかなか倒れない。

恭子も手伝って倒された杉材をふたりで懸命に運ぶ姿は微笑ましい。こういう姿が村人たちに活力を与えているという効果は数字では表現できない。

「恭子ちゃんがシイナをくれと各家々を回っているのを知っているか」

康夫は当然悟のところにも彼女は顔を出しているだろうと話を投げかけた。シイナとは未熟な米で食糧にはならない。

「ああ！　俺のところにも来た。鶏の餌に配合するんだって言ってた。シイナばかりじゃないぞ。うちの倉庫を物色して、米糠やカボチャの少し腐敗したものやカラスにつつかれたトマトだとかも持っていった」

悟は理解に苦しむといった表情をしたが、農村には不要なものをもらい受けるという習慣がない。物乞いのように映るのだ。

「鶏の餌として利用するらしいけど、確かにコスト削減にはなるよな。しかし、そこまでするか、って感じだよな」

農村では、おおよそコスト削減に対する感覚は乏しい。それは量産意識が定着して収量の多さばかりが目を引くからだ。品評会などで、そう競わされてきたという経緯もある。

ヒヨコを四月に購入し、その雛を丹精に肥育し、産んだタマゴを大洲市街の各家庭向けに売り始めたのは秋の十月だった。産み始めた当初はまだタマゴも小さい。しかし全体の黄身の割合が大きいので味覚的には美味しい。

そのタマゴが十個入り一パックが五百円だと聞かされて驚いた。確かにケージ飼いに比べればタマゴの味が格段に違うことは一路も昔、庭先で鶏を飼っていた経験から知っていた。しかし現代社会では価格が安いということが絶対必須条件だ。

このタマゴは黄身が店売りに比べて薄い。市販のタマゴは薬の開発によって黄身の色が濃いので恭子のタマゴは殊更黄身の色が薄く感じられる。飼料に混ぜて与えられる、この薬の配分は多くなるほど黄身はオレンジ色に近くなる。

恭子の理屈では、不特定多数の人に大量に売ろうとすれば無理かもしれないけど少数の人を開拓するんだったら可能だという。確かに薄利多売より健全だ。

〈スモール・イズ・ビューティフル〉をモットーとする恭子らしい農業だと一路は思った。

「良い品質のものを作って少し高く売れれば、規模が小さくても成り立つのよ。規模が小さければ労働力も少なくて済むじゃん」

恭子の説明は明快だ。

「それに、規模が小さければ設備投資が少なくていいでしょう」

一路の顔を覗き込むように彼女は話を続ける。それは子供を納得させるような話しぶりだ。

「しかし、それじゃ大きくは儲けられないな」

「いいじゃん。その分、自由気儘な生活ができるんだから。一路さん、会社勤めしたことないでしょう。自由を束縛されたことないでしょう」

この小娘は、また一路の顔を覗き込むようにそう言う。彼女だって長年の会社勤めを味わったようには見えない。

ここで生まれ育った者には立身出世さえ諦めれば根付くことができるが、恭子のように外部から参入した者は常に不安が付きまとう。その不安を解消しているのが無料レストランと睦子への信頼だということを一路は確信していた。

都会から山間の過疎地に居を移すということは並みの決断でないことは容易に想像できたが恭子の態度にはその微塵も感じられない。

このタマゴをガソリンスタンドの並びに、無人市を開いて販売したいという恭子の提案で無人市計画が実行されることになった。

睦子には以前に国道沿いで無人市を開いてほとんど現金が入っていなかったという苦い経験がある。しかし今度は無料レストランに来る顔馴染みが客なので、品物だけ持ち去ってお金を入れてくれないということはないだろう。

日本は美しく、日本人は心の優しい民族だと常々マスメディアで紹介されるが、無人市でお金が半分も入っていないという話はあちこちで聞かれ、最近では無人市を見かけることはなくなった。

ここの無人市では出品者個人が小さな小屋を建て銭函を置いて品物を並べた。

米をはじめ野菜、タマゴ、漬物、果物、花卉（かき）、そして古い御蔵から持ち出した骨董まであった。そしてその収入のほとんどが大輔の牛乳に倣って出品者の妻の収入になった。

来訪者はこの無人市を目当てにますます増え、子供連れの家族は土曜日に来て無料レストランの二階に泊まる者も出てきた。食事と宿泊にはお金が掛からないのだから気楽さがあった。そしてガソリンスタンドの収益もそれに並行して伸びていったことは言うまでもない。

この無人市をきっかけに辰夫の壁画が完成した。

美しい花や蝶が乱舞しているメルヘン調の精緻な描写の作品で子供たちにも大評判となった。そしてガソリンスタンドの収益によって村の家々の屋根が赤いペンキで塗られた。それは外国の農村に迷い込んだような錯覚を覚えさせられた。

「こういう絵で良かったよ。ピカソのような抽象画だったらどうしようかと内心思っていたんだ」

悟は辰夫の壁画に安心感を如実に表した。彼の思慮深さから、抽象画ではないかという懸念を持っていた者が少なからずいた。

「ピカソは抽象画じゃないでしょう。具象よ」

睦子は怪訝な顔をして悟に向き合った。

「ピカソは抽象画だろう。学校でもそう教わった。抽象画だよ。ピカソが具象画というなら、抽象画ってどんなものをいうんだ」

「抽象っていうのは顔や物の形をしていないものでしょう」

「それなら、具象画とデザイン画は同じになっちゃうじゃないか」

悟は引き下がらなかった。ピカソが抽象画でないということを認めたら何もかもが崩壊しそうな気がした。

学校で教わってきたことはその人の知識の根幹をなし、自分の持つ常識を否定されることは人格を否定されているように悟には思えた。特に男性は脳に収められた自分の知識を覆されることを潔しとしない。

したがって悪い伝統をいつまでも維持し続ける。その点、女性のほうが方向転換は容易で融通が利く。

睦子はもうこれ以上の話は建設的でないと判断して切り上げた。

「和して同ぜず」とは真実より和を優先させ、それでも同じでないと心の中でうそぶくことなのか。

日本人は和を尊ぶ民族だという。和を尊ぶがゆえに真実が疎かになってしまわないのか。日本での生き難さを彼女は学生時代の留学体験を通して感じていた。

西洋人は真実が最も尊いという意識を持っていると、彼女の過去の体験から感じるのだが、日本では我の張り合いのようになってしまって真実まで行きつかない。まるで勝ち負けを競っているような議論になってしまう。そして、真実に対する謙虚な探究心を日本人は持ち合わせていないと感じている。

辰夫の壁画は村の雰囲気を一変させた。

この芸術作品は村民の背筋をピンとさせ、無料レストランがこの集落の中心であることを印象付けた。背筋を伸ばさせたのは誇りであることに間違いない。

以前一路は睦子と高知県の大方町の海岸を訪れたことがある。この町のキャッチフレーズが「私たちの町には美術館がありません。砂浜が美術館です」というもので、このコピーに引かれて出かけた。

海岸には砂で作られた造形物が幾つも展示され、海風になびくデザインTシャツが砂浜に干し物のように何列も飾られていた。

砂浜の美術館は潮が満ちてくれば跡形もなく消え去る運命にある。そこには作品の権威は存在しない。

辰夫もこの壁画は毎年塗り替えては新しい絵を描くのだという。砂浜の彫刻のようにこの絵も定期的に波に洗われる。そして辰夫にとってこの集落全体が美術館だといえる。

大輔の娘、小春は辰夫の家に行き一緒に絵を描く日が多い。大輔も往復一時間かけての幼稚園の送迎より辰夫の家に行ってくれるほうが大助かりなのだ。

団体生活に慣れさせるために幼稚園に通うことは必要だなどとは大輔は考えない。彼は、父親と違って学校というものにあまり興味を持たなかった。

小春につられて数人の子供たちが集まるようになると辰夫の家では手狭になって無料レストランに場を移した。

辰夫は子供たちの作品に手を加えることはなかった。そして良い作品には両こぶしを上にかざして腰を振り振り躍り出すのだ。子供たちも一緒になって腰を振って踊る。辰夫が止めると子供たちも元の席に戻り何事もなかったようにまた絵を描き続けた。

辰夫は大人たちに対しては静を貫き通したが、子供たちに対しては全く違う態度、表情を全身で表現した。その落差がどこから来るのかは誰も分からなかった。

ある日、辰夫は百号という大きな絵を携えてやってきた。

「あ！　恭子姉ちゃんだ」

子供たちはその畳一枚ほどもある大きな絵に描かれている恭子に感激的に対面した。こんな大きな人物画には今までお目にかかったことがない。

「尻尾がある」

子供たちの表情が一変した。尻尾のある恭子にどう対応したらいいのか戸惑っていた。笑い飛ばすにはあまりにもリアルな尻尾なのだ。

辰夫は子供たちに手話で絵の説明を始めた。

その人物像はメガネとポニーテールの髪型が実際よりはるかに大きい。辰夫は手話とジェスチャーを織り込みながら熱心に、目で見たものを描くのではなく心に感じたものを描くのだと説明した。

何と、子供たちはその辰夫の手話をうなずきながら聞いているのだ。勿論子供たちは手話を理解しているわけではない。辰夫の動きを心で感じ取っているのだ。

「尻尾は？」

子供たちの関心は尻尾に移った。

辰夫は、尻尾はバランスをとるのに重要な役目をすると手話とジェスチャーを交えて説明を始めた。恭子には尻尾はないけど彼女がいつも綺麗な姿勢でいるのは無い尻尾を意識しているからだと言い、それが自分には見える。目では見えないけど、心の目では見える。

子供たちはその説明に一斉に拍手をした。辰夫は体のバランスだけでなく心のバランスも強調したのだが、それを子供たちが理解するのは無理だった。

この場にいた睦子は、子供たちの感受性に感激の涙を抑えることができなかった。言葉がなくても、手話が分からなくてもテレパシーのように人間は通じ合えるんだと思った。

以前、悟が「よく辰夫君は恭子ちゃんと喧嘩にならないよなあ」と話していた。

「俺だったら、恭子ちゃんみたいな性格の女なら毎日喧嘩が絶えない」

そう言いながら悟は辰夫に同情的な態度を見せるのだが、このとき睦子は、人間は言葉に頼りすぎているのだと直感した。

人類は言葉を持つことによって発展してきた。それは他の動物たちから見れば超能力のような存在かもしれない。しかし皮肉にもその超能力によって人類は様々な困難を作り出している。

これを境に子供たちの絵がどんどん変わっていった。大胆に何の束縛もなく、力強く、太い線を用いて画用紙に収まらないような絵が続出した。

最早、画用紙は子供たちにとって無限の宇宙なのだ。そしてその宇宙にも収まり切れない絵があった。

この閉塞感の充満した日本で、この子たちが成長したとき、ここは揺籃の地としての役目を果たす予感がした。そして無料レストランは自分たちの遺産として末永く残ることを確信した。

二〇一八年の春。毎年楽しみにしているタケノコがほとんど芽を出さなかった。

こんなことは今までにないことだった。今年の冬は積雪六十センチというのが二回もあったからその影響だろうか。そしてこの異常な天候は五月になって三日連続の大雨を降らせ崖崩れが至る所で発生した。

大雪や土砂崩れが起きればそのたびにこの集落は孤立し、学校通いの子供や通勤者は前もって集落外の親戚などの家に寝泊まりしなければならない。いつ道路が開通するか見当がつかないのだ。

こんな中でも恭子たちの小さな農場には度々都会から青年たちがやってきていた。

まず無料レストランにそれらの青年たちが食事に現れるので、最初に顔馴染みになるのは睦子たち賄(まかな)いの女性たちである。

農民には何故都会の青年がこんな僻地に頻繁に来るのか理解できない。都会には何でもそろっていて豊かだ。センスの良いきれいな洋服も手に入るし、豪華な食事を食べに行くこともできる。

特に若い女性が来ると女性たちの質問攻めに遭う。しかしどんなに質問しても彼女たちが納得し、理解することはできなかった。

そして男性たちはそれを遠巻きに見ているだけだった。そんな中で村民は、自分の子供たちはやはり都会に出したいと思っている。それは村の展望が見い出せないだけでなく農村の、農業の展望が見い出せないからでもあった。

農村はどんなにがんばっても都会風にはなれない。ダサく汚く、収入が少なく、しがらみが多い。

ここで育った子供たちも、いずれ都会に出てかっこいい生活を送ることに憧れていた。農村には高層建築がない。電車が走っていない。娯楽やデートを楽しむ場所もなければ、グルメな料理を口にすることもできない。

これらのことを解決する術がないのだから、農業は、農村はこの日本から消え去る運命にあるといえる。経済的な収入が少ないということも大きな問題で輸出絶対主義のこの国には未来はない。

しかし百歩譲って儲かる農業が実現できたとしても、都会への憧れを消すことはできず、農村の劣勢を変えることはできないのだ。

女の子を持つ親は、子供は都会のサラリーマンに嫁がせたいと思っている。男の子を持つ親は村の女性と結婚して欲しいと願う。自分たちの老後のことを考えれば息子は近くにいてほしい。矛盾しているのだ。しかし、男の子は就職先が少ないことから、いずれは都会に出ることになる。

仲介の娘、和子が珍しく無料レストランにやってきて若者たちの会話に加わった。

「都会って夢があると感じて私も東京の病院の看護師になったのよ。描く夢の一番大きいのはやはり、若かったから恋愛よ」

「それが今の旦那か？」

大輔が横やりを入れた。それほど誉められた旦那でないことを揶揄（やゆ）しての発言だった。

「違うわよ。もっと若くて純真だった頃。患者さんだった青年と仲良くなってラーメン奢るからデートしないかって誘ったの」

「お前から誘ったのか、度胸あるな。男の俺だって女の子を誘うのは照れ臭いぞ」

悟の息子純一は、おおよそ女の子には声もかけられそうにないほど内気な性格で彼の発言には重みと滑稽さが加わっていた。照れ臭いという表現は過去に誘ったことがあるように聞こえる。

「それでデートして、ラーメン奢ってそのあとはどうしたの」

大輔は話の先を急がせた。周囲の者もある期待を持って身を乗り出している。

「彼がね、そのときラーメン代を支払っちゃったのよ。私が払うつもりだったのに、私が誘ったんだから」

「それはそうだ。だいたい男が払うもんだよ。いくら女が払うって言っても」

大輔たちが聞きたいのはその先の話で支払いの話はどうでも良かった。しかし早苗は支払いにこだわって、その話を進めた。

「私が奢るって言っておいて支払ってもらったから、もう一度会って、今度は私が本当に払うから貴方の好きなお店に行こうって言ったの」

「うまいね〜。そういうやり方で二回目のデートも、ものにしたっていうわけだ。頭脳的プレーっていうわけだ」

大輔は話し上手だ。何とか話を盛り上げて行き着くところまで話をもっていかせようとしている。周囲の者も、大輔に一任した感じで聞き入った。

「二週間後だったかしら、彼に連れていかれたお店は豪華で生バンドまであって高そうなところだったの。持ってきたお金で足りるだろうかと心配で、心配で食事も喉を通らなかった。トイレに入ってそこの窓から逃げ出せないだろうかと考えたわよ」

「支払い、いくらだったの？」

膝を乗り出し、もう和子と大輔二人の会話になっていた。

「五万円」

「ラーメン一杯のお返しに五万円のフランス料理か。それは詐欺じゃないのか」

「それから都会の人とお付き合いするのは怖くなった。やっぱり地方がいいと思う。看護師という仕事だと農村というわけにはいかないから地方都市ね」

結局、早苗の話は周囲の期待どおりの終着とはならなかった。


立花祥子は度々この村を訪れ恭子と共に農作業をしている、東京生まれの東京育ちである。良いパートナーに出会ったらこの村に移住してきたいと話している。無料レストランで、村にもいい青年がいるよと紹介されるが、まだ良きパートナーを探し得ていない。

彼女は都会より農村のほうがより人間的な生活だという確信を持っている。何故農村の青年が都会に憧れるのか理解に苦しんでいた。

そして、都会に憧れる青年をパートナーにする選択肢はなかった。多くの青年が都会への憧れを捨てきれない現状の中で、家業を継がねばならなくて残る者とは祥子との価値観が大きく違う。

この村に恭子たちの次に入植してきた家族があって、夫婦のほかに二人の幼い子供がいた。この村に入った動機はやはり無料レストランだった。

どんなに行政が農業は有望だと言っても、農業では食べていけないというのが通説だ。無料レストランはこの食べていけない農業を十分に補佐しているといえる。

食べていけないというのは何も食事のことだけにとどまらず、生活、ひいては人生そのものを言い表しているのだが、無料レストランは福祉としての役割を担っており、農業を志す者の不安を払拭しているといえる。

日本にはそういう心の拠り所というものがなく、常に不安と隣り合わせなのだ。

彼ら四人は正月になると実家の横浜に里帰りする。

子供たちは、最初は遊園地などに連れていってもらい大喜びするが数日すると帰りたがる。豚や牛や山や川のほうが魅力なのだ。横浜でも犬は飼っている。犬は鎖に繋がれていて散歩するにもリードから放つことはできない。子供たちは犬とかけっこすることもできないのだ。都会は不自由だということをこの子供たちは身を持って体験するために毎年正月になると里帰りする。

この年は昨年から続く官邸、官僚の公文書破棄、再出現、改ざんと続々と民主主義国家としてはあり得ない問題が噴出した。

南スーダンの自衛隊日報問題では日報について廃棄を理由に防衛大臣は野党の要求を不開示としたが実際には存在していた。

日報が三か月足らずで破棄されていることが驚きだったが、その後陸上自衛隊に日報データが保管されていたことが判明した。その日報には「戦闘」や「激しい銃撃」などの記述が多くあったが、例によって黒塗り部分も多数あったという。

本当に当時の防衛大臣が、日報が存在することを知らなかったのであればこの国のシビリアンコントロールは機能していないことになり、知っていて破棄したと答弁していたのならこの国は先進国などとは到底いえない独裁国家ということになる。

自衛隊員の自殺者の多いことが以前問題となり国会でも追及され、その自殺者は国内と海外ではどちらが多いのかという野党の質問に対して政府はそれには答えられないと回答した。

日本の自殺者数は、一時は三万人を超える多さで、この数は内戦状態にある国の戦死者の数に匹敵するといわれた。しかしＷＨＯによる日本の自殺者数は十万人でこの誤差は理解しがたい。

一方日本における不審死の数は警察庁の発表によると年間十五万人だという。これは死因が特定できない死者であってＷＨＯではこの不審死の中の半数は自殺者という認識らしい。遺書がなければ自殺とは見なされないが、遺書を書くことなく他界する人も当然いるはずである。

農村の生活が低所得ながらのどかである半面、国家と都市住民の混迷はますます度を深めていく。資本経済至上主義から見放された農業こそが日本再生の根幹だとはまだ誰も論じていない。

かつて、農本主義という言葉を耳にしたことがあった。しかし今ではそういう議論が俎上（そじょう）に上がることもない。

八　赤ん坊にも年金

恭子たちの次に入植してきた一家が横浜から帰ってきて数か月後、一路（いちろ）は最上雄一郎の家を訪ねた。

彼もまた平飼養鶏をしており、その鶏糞を利用して野菜を作るという恭子たちと同じ方式をとっている。

確かにこの方式のほうが資金も少なくて済むという利点がある。また、彼らの理論からすると一年に一作という農業だとリスクが高く、毎日タマゴを産む鶏のほうが有利だという。

昔風にいえば日銭が入るほうが安定するという考え方だ。

一路は最近の村の隆盛をうれしくは思っている。しかし日本の地方の置かれている現状は全く変わっておらず全体的な衰退は今も進行している。

地方に住む者としてその範疇にボタンの掛け違いがあるのではないかという思索を始めていた。

雄一郎は自宅前に広がる野菜畑で茄子の手入れをしていた。この時期、茄子の枝を剪定してやると秋茄子の収穫に繋がる。剪定してしまうので一週間ほどは収穫が皆無となるが、やはり秋茄子の魅力は大きい。

「暑い中、大変ですね。もう、少しは体慣れましたか?」

一路はねぎらいの言葉を掛けながら剪定を手伝い始めた。この時間帯は昼休みだろうと訪ねたのだが彼は滝のような汗を流しながら働いていた。

「サラリーマン生活の頃は昼寝のできる農的暮らしに憧れのようなものを持っていたんですが、実際始めてみるとあの仕事も終わらせておきたい、この仕事も手を付けておきたいと休憩時間を削っちゃうんですよ。いけませんね」

そう言いながら彼は一路を家の中に誘い入れた。

「こういう土間のある生活、感激的なんですよ。外と中の中間的空間ですからね」

　彼は長靴のまま出入りできて、作業着も着替えることなく、くつろげる土間の一室を変に気に入っていた。土間といっても最近はコンクリートを敷き詰めている。昔は本当の土だったのだから埃や泥に悩まされた。

「収入はだいぶ減ったでしょう」

「まだ大した収益があるわけではありませんけど以前の十分の一くらいだろうと女房と話しているんですよ。それで食っていけなかったら無料レストランのお世話になります」

　雄一郎はそう言って快活に笑った。本来なら笑えるような話ではない。

「しかし一路さん。私たちは都会に長く暮らし、都会のせちがらさや煩雑さを知っている し社会人になってからは人間関係の理不尽さも嫌というほど味わってきました。何より消費社会は罪悪感と表裏一体なのです。その点、村の人たちは都会生活を知らないだけに、ここでの生き方は難しいですよね」

「晩年になると分かるのですが、若いときは迷いに迷いましたよ」

　比較体験がないと人間は良、悪の区別がつきにくい。しかしそれを乗り越えるような思考力があればいい。あるいは天性の性分だ。息子の大輔はその後者を持ち合わせている。

「それにしても農村では金がかかりませんよね。先日、女房が茶碗蒸しに銀杏は欠かせないと言ったら卓君がたくさん持ってきてくれた」

卓の家には大きな銀杏の木がある。秋になると地面にいっぱいの実を落とす。

「毎年秋になったら採りに来るといい」と言ったらしいが、一路は必ずビニール手袋を忘れないように注意した。かぶれると大変なことになる。

「その茶碗蒸しなんですがね。辰夫君のところの、タマゴを産まなくなった古鶏と、傷が入って売れないタマゴをもらってきて作ったんです。材料費はすべてタダです」

その話には続きがあって、辰夫はキズの入ったタマゴを大輔のところに持っていった。その返礼に牛乳をたくさんもらい、その牛乳のお裾分けを雄一郎はもらったという。

「一路さん、唐突ですが、ベーシック・インカムって知っていますか。今世界中でこの実験が進んでいますが、特にフィンランドでは大きな規模で実施が始まりました」

「ベーシック・インカムは知っています。でも話題になり始めたのは最近ですよね。ヨーロッパでは二百年前からこの議論はあるっていいますけど？」

雄一郎は冷蔵庫から綺麗な赤色をした液体を取り出して水で割ってコップに注いだ。紫蘇ジュースだという。

「ベーシック・インカムが実施されて月々、一人十万円の支給があったら、うちは四人家族ですから四十万円入ってくるわけです。夢のような話ですよね。赤ん坊から年寄りまですべての人が対象となるわけで、赤ん坊でも年金をもらうというわけです」

「赤ん坊に年金か。子育て世代は一番お金が掛かるものね」

その夢のような話を実験的に進め始めた国もあるのだが日本では労働意欲の減退を招くだとか、そのような金はパチンコに費やされるだけだとかいう反対意見が多い。財源の問題を上げる人もいるが、多額の税金が大企業に回されていることは議論の対象とならない。

「日本での実施は無理でしょうね。確かに農村のように収入の少ないところではベーシック・インカムが実施されれば農業を継続できるという利点はあるけれど、収入の少ないのは自己責任だという固定観念がありますからね。絵に描いた餅だと表現をする人もいます」

そう言いながら一路はこのベーシック・インカムに多大な期待を寄せていた時期があった。しかし、その話を持ち出すといわれぬ反発に遭遇するのだ。

〈人間は自分の常識や理解を超えた事由に遭遇すると、それがいかに理論的であっても人は不快感を持つ〉という賢者の言葉に妙に納得した。

「話は違いますけど、先日、ユネスコの調査で日本の小学生の批判能力が極端に低いということが問題視されました。僕たちは小学生に批判能力が必要なんて全然思ってこなかった。こなかったというより小学生は従順で素直なのが一番いいと教えられてきた」

「そうだね」と言いながら、一路は雄一郎の話を折って続けた。「子供のくせに口答えするなとか、理屈ばかり言っていたら立派な大人にはならないとかね。また言い訳するなとよく先生から叱られた」

「言い訳しなければ自分の主張を繰り広げられないんです。言い訳を奨励すべきなのに断ち切ろうという教育は問答無用ということです」

そう言いながら雄一郎は紫蘇ジュースを美味しそうに飲み干した。そして二杯目を注ぎながら話を続けた。

「こうして現代の大人は成長してきたわけです。高校生のときはスポーツ部に入っていれば就職が有利だともいわれました。スポーツ青年はあまり物事を考えないし上からの指示には素直に従いますからね。でもヨーロッパなどでは全く違う教育、すなわち子供の頃から社会に対しても批判する習慣を身に付けさせようとしているわけです」

雄一郎はそう言いながら、根本的に教育を変えなければどんなに有益な政策も福祉もこの国では素通りしてしまうという。一路は意図的にそういう教育がなされているのではないかという疑念を今でも捨てきれていない。

家に帰ると恭子が来ていた。睦子は上気した顔で一路を出迎えた。

「あなた大変よ！　恭子ちゃんがね……」

睦子の声は上ずっているが、一方の恭子はいたずらそうな笑みを浮かべている。

「何だ、どうしたんだ」

二人の表情から悪いことではなさそうだが、また恭子が突拍子もないことを言い出したのではないかと内心落ち着かない。

「あのね……」

「何だよ、早く言ってくれよ」

睦子がもったいぶっているのが腹立たしくなる。恭子は笑っているだけだ。

「驚かないでよ、恭子ちゃんに子供ができたんですって」

一路にとってはまったく予想外のことだったが、心の底からじわじわと喜びが湧いてきた。睦子は自分の孫ができたとき以上に興奮しているようにも見える。

「そうか、それはおめでとう」

一路は恭子に向かってうなずいて見せた。

「ありがとう。今日病院に行ってきてわかりました」

恭子ははにかんだが、こんな表情を見せるのは初めてのことだ。

「出産は来年のいつ頃になるのかしら？」

睦子がそわそわしながら尋ねる。

「四月頃になるのかな？」恭子は首を傾げていたが、何かを思い出したかのような表情をした。「今日、ここに来たのは赤ちゃんができたことの報告だけじゃないの」

「あら、何なの？」

「少し前から考えていたことなんだけど、ここで夏季学校を開こうと思うの。都会の子供たちを対象にした学校」

睦子の顔が明らかに困惑している。それはそうだ。子供ができたという話で喜んでいたら、唐突な話を持ちかけてきたのだから。

「いったい何人の子供たちを受け入れられるっていうんだ？」

一路は腹立たしくなっていた。

「五十人を予定している。いっぺんに五十人っていうわけじゃないよ。一週間に十人で、夏休みは五週間あるから」

「そんなに子供たちが集まるのか？」

「それは任せておいて。都会の親たちもそんなに暇じゃないから夏休み中の子供の面倒、特に、くだらない宿題とか、自由研究とかにうんざりしているからそれを一手に引き受けるといえば大助かりなのよ。本当は夏休みの宿題なんか、したい子だけすればいいんだけどね」

「その面倒を誰が見るの？」

一路はそれを睦子に押し付けるなら断固反対しなければならないと、内心怒りにも近い感情が湧き起こった。

「それを私たち、新規移住者がするの。夏休みの宿題だけじゃない。農家実習や海水浴、登山も計画しているよ」

何故そんなことを思い立ったのか一路は彼女を質した。

「私たちがここに移住してきたとき、電気の配線も湧き水を引くのも、家の修繕もすべてタダでやってくれたじゃない。あれって多分、ガソリンの利益のお金を使ってくれているんだよね」

一路はうなずいた。お金の掛かることは少しでも負担を少なくしてやろうという思いからだった。

「その恩返しだよ。一人、五万円の経費を徴収するから一週間に五十万円、ひと夏に二百五十万円の収益になるから、それをそっくり村の共有資産にしてもらおうというわけ。毎年だよ。毎年。そして、これからの新規移住者にもこの事業には協力してもらう」

「それで私たちは何をすればいいの？」

睦子は目頭が熱くなるのを感じながら、それを悟られまいと質問した。恭子には打算というものがない。純粋なのだ。

「暇なおばあちゃんがたくさんいるでしょ。あの人たちに食事の支度とお掃除をお願いしたいの」

暇なおばあちゃんとは無料レストランで和気あいあいと料理を作る人たちで、彼女たちはそれを唯一の楽しみにしている。寿命は男性より女性のほうが長く、未亡人となった者も多い。畑仕事からは解放されたがこうして料理仕事に参加することによってガソリンスタンドの収益アップに貢献している。

しかしこの未亡人という言葉は酷い。恭子は「未婚っていう言葉も、結婚を前提としているじゃん。しかも女性に多く使われることもガチ頭にくる」という。

それにしても恭子の言葉のガサツさ、無遠慮は一向に是正されない。

「そのお金でさ、太陽光の発電施設を作って村民のすべての家庭の電気料金はタダなんていうのはどう。無料レストランみたいにタダのものをどんどん増やしていくのって素敵じゃない。水道は湧き水を引いているから昔からタダだよね」

そう言いながら恭子は首をかすかに傾け一路に向かって片目をつむった。こういう仕草をされると還暦を過ぎた一路でも、どぎまぎさせられる。

それにしても金の使い道までに言及するのがいかにも彼女らしいと、一路は苦笑いを禁じ得なかった。

九　小・中・高校もタダ

先日訪ねた雄一郎は、その返礼のように一路を数日後に訪ねてきた。手土産に茶碗蒸しを持ってきたところを見ると、人一倍、茶碗蒸しにはこだわりがあるようだ。

「僕から話すのはまだ、時期尚早とは思うんですがよく恭子さんたちと話すんですよ。彼女のところも来年は子供が生まれるし、ここに移住してきたいという都会の若い人たちもたくさんいるんです。ここが注目されるのはやはり無料レストランです。村人だけでなく外部から来た人もタダで食事ができるというのは究極の福祉です。ある意味では社会主義的です」

雄一郎は一路と思う存分語り合う覚悟のようだ。

「それに加えてガソリンスタンドが村営で、その利益を村のために使う。共産主義の理想としたものですよね。一路さんの奥さんっていう人はすごい人だと思いますよ。タダで食事を提供するというのは都会では不可能です。そしてその食材がほとんど無料で調達できるということをこの資本主義社会では理解できないんです。だから驚きを持って見られるのです。農村の特性を十分に生かした革命だと思います」

　雄一郎は、問題なのはこの後だという。このままだと線香花火のように終わってしまう。この状態を恒久化していくためには教育の抜本的改革が必要だという。

「教育といっても私たちにはどうしようもないでしょう。政府の選定した教科書で、政府に雇われた教員がマニュアルどおりに進めていくのですから」

「自分たちで学校を作るんですよ。フリースクールです。フリースクールといえば不登校の子供たちの救済のための施設のように思われますが世界各地でこういう展開はあるのです」

「しかし、自分たちで学校教育をするとなれば泰然や康夫を見ればわかるとおり教育の姿勢に不均衡が生じるでしょう。思想的には左に傾きやすいじゃないですか」

　農村では思想の左傾を極端に気にする。保守的であり改革的ではない。

〈アカ〉という言葉が絶対的権力を持っていて、そのレッテルを貼られるとその人の人格は消滅する。それでも最近は〈リベラル〉という言葉でそれを回避する風潮が少しではあるが生まれつつある。

「一路さん。今の社会は、決してすべての面で均衡のとれた社会とは言い難いですよ。資本主義は市場原理主義へと移行しつつあり、貧富の差が歴然としてきています。歴史においても康夫君の言うように真実でないことは歴然としていますし、泰然さんの言う明治政府による〈廃仏毀釈〉を知る人なんかどんどんいなくなっている。教えないからです」

アメリカなどは南北戦争時代、敗戦後の南部を北軍の兵士が略奪、殺人、レイプなどあらゆる卑劣な行為をしたことを本や映画などで紹介している。

日本では勝てば官軍などといわれるが、アメリカでは官軍に対する検証もしているわけだ。インディアンに対する惨殺行為も度々紹介される。

しかし日本では戊辰戦争において官軍が行った会津への蛮行も、大陸で行われた人体実験も隠そうとする姿勢が顕著だ。

「学校を作るということは……」と雄一郎は更に言葉を重ねた。「この地域だけでも、この地域が率先して様々な均衡を是正しようということです。資本主義だけの論理だけでは農村は立ち行かないのです。農村だけではありません。これからの日本も新しい道を模索しなければ国民の幸せは遠のくばかりです。

そして、その模索すべき原点がここにあるといえます。公立の学校が平均的だといいますが、小学校から高校まで十二年間勉強しても日常会話程度の英語もできないし文章も筋道をたてて書くこともできない。意味のないことを学校では教えているのですよ。価値のないことで競争させられているんですよ。それに、ストレスを子供たちに与えない教育は、子供のいじめや自殺を回避できます」

雄一郎の熱弁を聞きながら一路は理に適ってはいると思った。自分の中に鬱積した思いを彼は具体的に提示している。

しかし一路にはそれを実現する度量が自分にはないと思った。自分の持つ先祖から受け継ぐ土着性は、これほどの改革を断行する決断力を育てていなかった。

確かに日本の歴史、特に明治以降は疑問点が多かったし、現代の右傾化に危惧を持っている。

しかし、それを社会の均衡と置き換えて時流に流されてきたことはいなめない。

この社会が左右平等でないことは事実だ。右の内の均衡だということを一路は明確に認めざるを得なかった。

「恭子さんは外国の農村体験のサイトの会員になっていますから外国人を年間十人は呼べると言っています。来た外国人にその国の事情を話してもらったり、その国の言葉を教えてもらうのもいい授業になります。辰夫君は絵を教えますから村中の空間に壁画が完成するかもしれません。大輔君の奥さんの時恵さんは手話に精通していますから彼女がその役割を担うでしょう。

勿論、酪農や養鶏、米作りの授業も必要ですし料理の講習も欠かせません。フリースクールが公立の学校でないという不安を持つ人もいるかもしれませんが中学校卒業程度認定試験や高等学校程度認定試験に合格すれば進学や就職の出願条件を満たすことができます。

だから生涯でテストという選別行為は二回だけです。都会の教育と農村の教育が同じというのではどうしても農村は都会に吸収されてしまいます。放映されるテレビでも本当は違うほうがいいんですが、そうもいかないですからテレビの見方というものも小さいときから教えておいたほうがいいと思います」

雄一郎の計画はどんどん進んでいく。これが一農村の延命策でなく日本の指針だといわれれば一路には返す言葉もない。

「オバマ大統領時代、経済封鎖が解除されるということで紹介されたキューバの街がテレビ放映されましたが、あれ、一路さんは見ましたか?」

「見た。半世紀もの間、経済封鎖が続いたわけで近代文明から取り残された状態だ。資本主義経済の恩恵を遮断されたという感じだった」

「クルマは、一九五〇年代のものを何回も修理しながら使い続けて今日に至っている状態は、ものを大切に扱わなくては暮らしていけなかったということです。資本主義経済ではものを大切に扱ってはいけないということです。それを如実に物語っていますよね」

「クルマばかりでなかったな。使い捨てライターはガスを補充しながら使い、傘の修理屋さんが繁盛する。確かに資本主義経済というのはものを大切にしては成り立たないという宿命を持っているから使い捨てが横行するよね」

一路はあの放映されたキューバの現状を見て、実はうれしかったのだ。そこには昔の日本が存在していた。

「ものを大切にしてはいけない経済の下で、本当の教育ができると思いますか、一路さん。多分キューバもアメリカの経済封鎖が解ければ近代化の波が一気に押し寄せることでしょうが、僕はものを大切にして生活していける基盤が農村にはあると確信しているんですよ。都会にはその基盤が確実にないんです」

確かに農村ではものを大切にしてきた。それは貧しかったからなのか、もし貧しくなければものを大切にできないのであれば少し貧しくなればいい。その少しの貧しさは農村の強みでもある。

「陽明学の中江藤樹は……」と雄一郎は更に続けた。「名利のための学問は邪道だと言っています。今この世の中に名利でない学問はありません。ここならそれを実現できます。何故なら農業に従事しているから飼い主を必要としないからです」

一路にはこういう厳しい表現はできない。

やはり真に改革を断行しようという強い意志を持つ者は突出したものがあるのだ。しかし彼の明晰な理論に一抹の不安があることは隠せない。一路の役割は、こういう改革者の暴走を止めるための監視だと思った。

十　見ざる聞かざる言わざる財政問題

この集落に歯科診療所が開設された。

そもそも農村には健康を損なう者は少ない。ましてや歯科となると、なお少ない。それでもここで開業したいという希望を持って移住してきたのは吉野道雄だ。開業しても食べていけないと言うと、例によって無料レストランがあるから大丈夫だと言う。それは口実に過ぎないのだが明解な論理として重宝に使われる。

彼は松山市の近郊都市で歯科の開業医を営んでいたが、その後、妻の実家のある岡山県の大学附属病院で歯科の勤務医を続けていた。

「先日お話ししましたが、私たちがこの集落に移住してきた動機は何といっても無料レストランです。食べることが保証されているという環境は、たとえそれに依存しなくても潜在的な安心感を与えてくれます」

細君は華道の師範で花弁（かき）に興味を持っている。勿論、花の栽培を希望しているのだが、生花店には売っていない花、すなわち山野に自生している花に魅力を感じているらしい。椿などは品種改良が進んであでやかな色合いのものが多数あるが、何といっても山に自生している藪椿（やぶつばき）に魅せられるようだ。

その他にも山には春になると蠟梅（ろうばい）が咲き誇る。千両や万両の小さな赤い実がひっそりと藪の中に佇んでいるし、山は生け花の宝庫だと満面の笑みをたたえて語る。

これらの花のほかに畑には向日葵（ひまわり）や矢車草を植え付け、数種類の花をまとめて生け花の仲間に販売するのだという。

その仲間とは料理店や公民館、市役所などの依頼を受けて玄関口に定期的に花を生けるという仕事をする人たちで、したがって大きな材料が必要となる。

樹木に咲く花は、椿や蠟梅ばかりでなく桜など壮観なものが多い。柿なども自生のものは小さくて食用にはならないが生け花にはもってこいだという。

しかしこれを生花店で手に入れるのは難しい。

「歯科医でなくて普通の診療所のほうがいいという人が多いのは知っています。でも歯科医でも顎の手術などもするので有事の際はお手伝いできると思いますよ」

　有事の際という言葉に一路（いちろ）は違和感を覚えた。歯科医が外科や内科の仕事をするような有事があるとは到底思えない。

「私がここに移住してきたのは疎開なんですよ。いずれ日本の財政は破綻してハイパーインフレが起こると思っています。敗戦後の日本でも経験していますが食糧難の時代が来ると思っているんです。日本の食糧自給率が極端に低いことが悲惨な状況を招くと思っています」

　日本の財政に関しては一路も懸念を持っている。しかしそれを現実として捉えるほどの緊迫感は持っていない。

「日本は対外債務が無いに等しいから財政破綻は起きないと経済学者たちは言っているでしょう。対外債務が無いということは誰からも借金の催促をされないということでしょう。催促されなければ倒産はないというのが道理です」

「確かに日本には対外債務が少ない。借金は国民の預貯金を国債と引き換えにして使ってきたわけです。しかし、その国民の預貯金も底をつき現在では日銀がお金を印刷して賄（まかな）

っています。日本の法律では、日銀が円を印刷して政府に渡すことは禁じられていますから、日銀は銀行に溜まっている国債を買い取る形でお金を注入します。それを政府はまた国債と引き換えに引き出すわけです」

一路も日本の財政に対する一抹の不安を拭い去ることはできないでいたが、これを庶民が俎上に載せることの是非を考えてしまう。

学者も政府も無言を通している事案を暴露するのは扇動者としての誹りを免れない。

「人間は自分の常識の範囲でしか思考は働かないといいます。常識を超えたことに人は不快感を持つといわれますから、吉野さんの主張をこの村で声高々に言えば反発が起こるし村八分状態になりかねませんよ」

そう言いながら、一路は自分の中にある陳腐な土着性の一面を感じていた。

和を乱さないという根底にある理念、それは決して進歩性のあるものではないと認識していても、常識を超えたものに対して起こる警戒感は時に頭を持ち上げる。

「常識を超えた事柄に対する人々の嫌悪感は承知していますよ。それは、何もこの村に限ったことではない、日本国中そうですよ。だから人を選んで話すようにしています。しかし、知らないのは無知ではないけど、知ろうとしないのも無知ですよ。一九九七年正月の新聞各紙に破局、破綻という見出しで日本の経済の先行きを紹介していましたが、芸能ニュースなどではこぞってするのに政治経済では全くセンセーショナルな報道はしなくなりました。まだ先の話なら余裕を持って書けるけど直近に迫った危機を新聞は書くことができないでしょう」

吉野は〈オレンジブック〉を知っているかと一路に質問してきた。一路はかすかに首を横に振り「知らない」と答えた。

「オレンジブックとはイギリスのタイムズ紙の記事なんですが、日本政府はＮＨＫに対して毎年、このようなことを報道しろとか、このようなことは報道してはいけないという指示を出しているというのです。その小冊子のカバーがオレンジ色であることからオレンジブックといわれるようです。これを民放も報道しないところから推測すると民放にも行き渡っているんではないですかね」

要するに日本には報道の自由は存在しないと彼は言うわけだが、最近の報道に違和感を持っているのは一路ばかりではない。テレビを見たくないという人が増えている。

「財政破綻というのは日本をはじめどこの国でも起こり得ることです。一九九二年にロシアで起こったのは旧ソ連時代には税金を国民から徴収していなかったので、納税システムが完備していなかったのが原因といわれています。そのためロシアの通貨であるルーブルを印刷しすぎたためにハイパーインフレが起き物価が七十倍に上昇しました。これは百円の缶コーヒーが七千円になったということです。その後、千ルーブルを一ルーブルに切り替えるというデノミ政策がとられました。これは千円札が一円玉になったということです」

吉野と一路の会話は周囲をはばかって、低いひそひそ話のようにテーブルの片隅で進められていたのだが、周囲の者は黙々と食事をしながら聞き耳を立てていたようである。

「ロシアの食糧自給率は高かったのですか?」

突拍子もなく質問を浴びせ、長椅子に尻を横滑りさせながら質問してきたのは康夫だった。夕飯には細君の良子を伴ってきていた。

「ロシアには旧ソ連時代、郊外にダーチャという住宅付き菜園を政府が無料で貸し付けていて、そこに避難して自給自足をする人が多かったようです。家畜まで飼う人もあったといいます」

「どのくらいの広さだったの？　そのダーチャという菜園は」

良子は身を乗り出して康夫の脇の下から顔を突き出すようにして質問を浴びせた。

「日本でいえば約三反歩だということです。まあ、広さは均一ではなかったようですが」

「日本でも敗戦後の食糧難の時代には都会の親戚は農村を頼ってきたと爺様には聞いていたけど、今の農村は疲弊しきっているからそうは受け入れられないなあ」

この話に泰然（たいぜん）も乗ってきて、農村に親戚を持たない者は着物などを持って物々交換が行われたということ、また、今では着物を持ってこられても無用の長物だなどと笑いを誘った。

「でも俺たちは米を作っているからそういう状態が来ても大丈夫だ」

そう胸を張って言ったのは悟で、村一番の米農家を自負している。それに水を差すように吉野は言った。

「先日、日吉村の最年長の女性を訪ねたんですよ。勿論その頃の事情を聴きにね。そうしたら、米を作っていたんだけど隠してある米まで役人に持っていかれたと言っていました。米農家でも食べるものは芋とカボチャくらいだったと言っていましたよ」

確かに有事の際には国家権力は強権を発動するだろう。以前に、敗戦後神戸に暮らしていて二十歳で終戦を迎えたという老人が、盗みをしなければ生きていけない時代だったと語っていた。

当時は神戸郊外には畑がいっぱい広がっていただろう。東京二十三区でも一路は畑だらけだったという話をよく学生時代に大家さんから聞かされていた。

「財政破綻すると農家が一番困るってこと何かしら？　お米が食べられなくて、お芋やカボチャで我慢するとして……」

良子は日本が財政破綻を起こすと想定しているのか質問が具体的になってきた。しかし巷にはそんな危機感の欠片すらない。平和という言葉がこれほど現実味を帯びて感じられた時代はかつてなかったのではないかと思う。

旨いものを食い、お笑い番組を見て腹を抱え、スポーツ中継を観戦して感動する。そして日本が世界で最も豊かで美しく、人間性に優れているという自負を国民の大多数が疑うことなく感じている。

しかし、それはテレビや新聞を通して感じさせられていることでもある。

『食と農の戦後史』という岸康彦さんの本の中に書いてあるんだけど、それは農機具と肥料だって。農機具は戦争で鉄の需要が多かったということもあるけど、農村に流れてきた人たちも農業に従事することになるから必然的に農機具が不足するよね」

「肥料って当時は人糞だろ。化学肥料はまだないよね。よく婆さんが生の人糞を桶に担いで手で麦畑に撒いたって言っていた。麦は冬の作物だから使えたけど夏だったら発酵して作物が肥料負けしちゃうよね。普段は肥溜めに寝かして置いてから使ったらしいけど、昔の人はえらかったよなあ。俺だったら逃げ出しちゃうよ」

　卓（すぐる）は昔の話をよく祖父母から聞いていて話題にする。彼らにしてみれば孫が話を聞いてくれるのはうれしいだろうから、卓はよくかわいがられた。年寄り孝行だったといえる。

「もしもよ、もしもハイパーインフレが来れば石油製品は輸入だから化学肥料は大変な高値になるっていうことよね。そうしたら農業ができなくなるじゃない」

　良子の不安を一掃するように、悟は大輔や康夫のところは牛や豚を飼っているからその糞尿を使えば化学肥料がどんなに高値になっても心配はないと言った。現にここでは化学肥料を使う量は少なく糞尿に頼っている。

野菜が美味しいとよく言われるのは化学肥料を使わないためでもある。

「それはダメだ。牛や豚の餌はほとんどが輸入飼料だ。飼料が高騰するから牛や豚を今までどおりの数を飼うのは困難だから極端に減らすことになる。やはり人糞だよ。人糞が一番だ」

泰然はそう言ってニヤニヤ笑っていた。本心ではない。

「備蓄よ。今のうちに、安いときに買って倉庫に保管しておくのよ。そんなに大量に使うものでないから十年分くらいは備蓄できるんじゃない」

確かに備蓄するというのは名案だ。良子の発言を肯定しながらも、泰然は人糞を一年間ぐらい寝かせれば姿かたちを変えていい肥料になる。肥料としての人糞を素通りして考えるのは得策でないと思っていた。

食糧が不足する期間はどれほどか分からない。長期戦でものを考えなければならないくらい日本の財政の立て直しは容易ではないと思っていた。

「肥料だけじゃないでしょう、物価が高騰するのは。日用品全般が高騰するわけだから。トイレットペーパーがなくては困るし、洗剤がなければ洗濯ができない」

おやじに付いてきて大人しく話を聞いていた純一が分別臭そうに発言した。そのとおりだ。日本はすべての日用品、すなわち石油は輸入に頼っている、地下資源の乏しい国だ。ロシアはいまだに苦しい財政ながら地下資源が豊富だから何とか未来を見ることができる。資源が乏しいということは致命的ともいえる。

一路はウルグアイの元大統領ホセ・ムヒカの言葉を思い起こしていた。

「私は環境資源に恵まれている小さな国の代表です。

私の国には三百万人ほどの国民しかいません。でも私の国には世界で最も美しい千三百万頭の牛がいます。ヤギも八百万頭います。

私の国は食べ物の輸出国です。こんな小さな国なのに領土の九十％が資源にあふれているのです」

これは二〇一二年にブラジル・リオ・デ・ジャネイロで開催された国連会議でのスピーチだ。

この言葉を、友人から送られてきたメールで知ったとき、一路は衝撃的な感動を覚えた。農業は経済成長の足を引っ張るといわれ続けてきたこの国で、牛やヤギが資源だと言い切れる政治家がかつていただろうかと思った。

　地下資源の乏しいこの国で農業が貴重な生物資源だという発想がどうして生まれなかったのかという悔やみのような感情をいまだに消せない。

「電気だって必要だろう。俺、発電設備を作ってみようか。川の水を使った水力か、太陽光か、どっちが安くできるか計算してみるよ。たとえ日本が財政破綻を起こさなくても電気を自給できるというのは豊かなことだろう」

　伸介は睦子のほうを見ながら同調を促すように喋る。彼女はうなずきながら、種子だって輸入に頼る国なんだからあらゆる見直しが必要だと考えていた。

　輸入物質が驚異的に高騰したらこの国は立ちゆかない。そんなことは政治家が一番よく知っているはずだから破綻はないだろう。

　しかし、〈備えあれば患いなし〉という格言は日本人の大きな心の支えであることも事実だ。

「マッカーサーが敗戦後に日本にやってきて、日本人の精神年齢は十三歳だと言ったろう。その精神年齢の低さを利用してアメリカは日本を搾取し続けてきたことになるな。もし財政破綻を起こせば……」

　一路のつぶやきに泰然は、

「百兆円ものアメリカ国債を買わされて日本にはそれを売る権利がないということはカツアゲだよな」

「そればかりでない。兵器もずいぶん買わされ続けてきた。最近のミサイル防衛システムもそうだけど、田中角栄時代のＰ３Ｃ対潜哨戒機（しょうかいき）が、あの事件の裏で一兆円も購入しているという事実もある」

「でも、日本人の多くはそういう事実を知らない。知らないというより多くを知らされないということだ」

　日本人が議論しない国民となって久しい。議論しないことによって一向に思考力が高まらない。勤勉な日本人は、働くことに忙しく本を読む暇も意見交換をする時間も少ない。

　しかし、この集落では、あれほど寡黙だった村民の間に議論することが定着しつつある。

　そして議論することが心の欲求を満たすという役割を果たしている。

　それもまた、金銭には代えがたい豊かさに違いない。

十一　ちゃっかり娘、健在

平穏だった幕藩体制を打破したのは下層階級の武士たちだった。

尊王攘夷（そんのうじょうい）から一転して西欧崇拝者となり、その西欧かぶれは行き詰まると戦争へと道を開いた。明治時代以降はテロの横暴が目立った時代でもあった。

近代国家への糸口がテロという卑劣な行為によって文明開化の夜明けと称されたのは不幸だったともいえる。

そして無謀な戦の結果の敗戦は日本の未来を決定付けた。戦勝国アメリカは日本の独立を認めたが植民地政策は名前を変えて存続させた。

それが「日米同盟国」だ。それはアメリカも認める、戦後処理の日本は成功例という評価だ。

戦後、アメリカは自国の農産物を日本に売り込むために農地解放を行った。農地解放の良し悪しはともかく、日本の農業の衰退はアメリカの思惑どおりに進んだといえる。日本は常にアメリカに対して阿諛追従の姿勢をとってきた。

日本人は勤勉という美徳のもとに働き詰めに働いて、もし日本が結果的にデフォルトに見舞われたとすれば、その勤勉さはすべて刷り込まれたアメリカと日本の指導者の計画どおりということになる。

一路は寺の庫裡で泰然と向き合って酒を酌み交わしていた。外は木枯らしが吹き、窓越しの街灯の放射状の光にちらほらと初雪が舞っている。この季節になるとふたりは日本酒を好んだ。

「白玉の歯に透き通る秋の夜は……」という句を噛みしめながら囲炉裏を囲むのが常だった。若山牧水だ。

「白玉の歯に透き通る……」などという表現は尋常な人間には及びもつかないというのがふたりの共通した感想だ。

泰然は燗をした徳利の尻を布巾で丁寧に拭いながら一路に酌をした。

日本酒はちびりちびりと飲めるからいい。五臓六腑に染み渡る余韻を感じながらの対話は話題が深層にたどり着く。

今日の肴は串に刺したシイタケだ。幾つもが囲炉裏の火種の周りに立てかけてある。これを酢醤油でいただくのが泰然の好物だ。

今年も残すところ一週間足らずで暮れようとしている。一路には理解しがたい事件が数々起こり頭を悩ませる。

人を殺してみたかったとか、元養護施設の職員が障害者を次々に殺傷し、また歩行者天国で車を暴走させるという凶行は後を絶たない。

個人の犯行としてその生い立ちや交友関係をワイドショーは華やかに飾り立てるが、社会の責任までは追及しない。このような犯罪を生む土壌を検証しなければ犯罪の根源を断つことはできない。

犯罪もこの社会のあだ花なのだ。考えてみれば日本人は小学生の頃よりストレスをためながら大人になっていく。

先日も国道沿いを、公共性の育成という授業の一貫でごみ拾いをしていた。大人のドライバーがクルマからポイ捨てするゴミを小学生が片付けるのだ。潜在的なストレスが溜まらないはずがない。

この年の七月、肱（ひじ）川が氾濫して大洪水が発生した。今までに下流で洪水が起こることはあったが、今回は上流の各地で氾濫の起こるほどの豪雨だったといえる。

集落から大洲市街地までの流域は悪魔の暴れ回った如くの惨状で、農地は泥土で覆われ家屋の中は流木で破壊された。水浸しとなった家具は外に運び出され国道には幾つものゴミ山が形成されている。

地球の温暖化がいわれて久しい。しかし、なす術もなく進行していく欲望の渦を、もう人間には止めることはできない。

何千年後には河は土砂を下流へと押し流し豪雨は山を崩し、この地球は徐々に平坦な球形と化し砂漠化していくだろう。

そのときまで人類が存在する保証はどこにもない。

「野村町市街地が水没したというのは過去に例がない。これは明らかにダム湖の放水が原因だよな。ダムが豪雨で満水になれば大量の水を排出しなければならない。ダム建設は国家事業なんだから国が補償すべきだ」

泰然はこの地域には高校時代の同級生も被害に遭っているだけに憤りを隠しきれない。

この一級河川肱川には二つのダムがある。一番上流のダムが野村ダムで二番目が肱川町の鹿野川ダムだ。

鹿野川ダムが発電目的であるのに対して野村ダムは県西部に広がる柑橘類への分水が目的だ。

「肱川の市街地も浸水して再建は難しいな。事業者の高齢化が進んでいるし、この地域に大した購買力があるわけじゃないものな。この上、更に借財を重ねて再建するのは無理だ」

一路はそう言いながら小学校も郵便局も役場も被害に遭って自分たちにもこれから不便が生じることは覚悟しなければと思った。幸い自分たちの集落は市街地よりはるか高台にあるため水害の難は逃れたが、至る所で土砂崩れによる通行止めが発生している。

大洲市内には「がんばろう大洲」という文字が各所に掲げられている。しかし、廃業を余儀なくする者、家屋が流されてしまった者と、本当に深刻な被害に遭った者にとっては「がんばろう」という標語は残酷だ。

「がんばろう」という言葉は自分に言う言葉で、他人には言ってはいけないという賢者の言葉を思い起こさせる。

この肱川地域で洪水が起こり、市街地が水没したのは一九四五年だ。その後発電用のダムが完成し、今回の水害は七十三年後に起こったことになる。雨量の激増もさることながら、長年の土砂がダムに流れ込み保水容量の減少も考えられる。この地域の水没世帯は親子二代の惨事だ。

ダム建設に過信した結果だが、自然災害に対してダム建設という力業で対抗した人間の性も問われるところだ。この肱川水系には支流の河辺川にダム建設の計画が持ち上がり三十年が経過している。

当初、このダムは県都松山の水不足解消という目的で計画されたのだが松山市民の水道料金高騰の懸念が出て中止、代わって治水という目的変更で計画が続行となった。

「いい加減なもんだよな。目的を変えても建設計画が進められるっていうのは、初めからダム建設ありきということじゃないか。大手建設業者の思惑だということがはっきりしている」

泰然はこの河辺川ダム建設の反対運動を長く続けてきた。今回の水害でダム建設が治水対策に効果がないということが実証されたわけだからこの計画は立ち消えるだろうと言った。

この災害をはさんでオウム事件の十三人の死刑囚が処刑された。前途ある若者が何故あのような凶行に及んだのかという庶民の疑問はついに解明されなかった。

彼らはこの社会に違和感があったとか、生きづらさを感じていたとか供述していたが、むしろ正常な感覚であって一般の麻痺した社会通念からすれば未来の日本を託すべき人材であったかもしれない。

主犯の麻原は、この純粋な感覚を利用して言葉巧みに共鳴させていった。ここにも社会の責任を追及する風潮は全く生まれなかった。

「一路さん。正義って何だ」

「プラトンは国家の調和だと言い、アリストテレスは公平な分配を説いたと思うよ。確か。でも資本主義社会では法的な平等だろうな」

「その正義が全く議論されなくなったから、オウム真理教事件というのは正義をはき違えた事件だったといえるんじゃないか？　学校で、正義とは何だという議論をたくさんしていれば起きなかった事件だと思うんだよ」

「それは世界的にもいえることだ。そういう議論がなされなければ社会は金権主義者と暴力至上主義者の二極限化することになる。暴力が正義だという、あるいは金がすべてだという輩が大勢を占めることになる」

一路はその前に起きた相模原障害者施設での元職員による障害者殺傷事件を考えていた。障害者の生存そのものを否定する犯人に対して、被害者への同情の声ばかりが耳に残った。

障害者の生存する意義にまで言及しなければ、同情論ばかりでは解決にならない。

政府は年々障害者に対する補助金の打ち切りを進めている。犯人はその同一路線に沿って犯罪を起こしたという自負でいまだ反省の弁はない。

「泰然、日本の今後はどう変化していくと思う」

「吉野さんの話？　数字の上から考えればいつデフォルトが起こってもおかしくないと

思うけど、こればかりは分からないな。でも一路さん。もしデフォルトが起こればただじゃ済まないよ。都会では食糧の争奪戦が起きる。昔だったら近所の畑に盗みに行けばいいだろうけど、今はそんな身近に畑はない。狙うのは隣の家の備蓄食料ということになるだろう。国の指導者は国民が飢えないための政策が一番の義務だけど、日本では食糧自給率が極端に少ない」

「暴動か？」

「何もかもが、何かに向かって動いているような気がするんだよね。あれほど要望が強かった減反政策がここへ来てあっさりなくなった。これは近い将来食糧が不足することが前提なのかね」

世界各国が再生エネルギーのほうが経済的だという結論を出しているのに日本では相変わらず原発の再稼働だ。これは再生エネルギー施設を建設する時間的余裕がないともいえる。

「天皇が退位するのは若い天皇じゃなければ日本がデフォルトしたとき慰問に各地を飛び回れないからじゃないか？」

泰然は敗戦後の「耐えがたきを耐え、忍び難きを忍び」を例に出して説明した。そして更に彼の疑念がほとばしる。

「戦前の治安維持法に代わる共謀罪の成立を政府が急いだのは近い将来都市において暴動が起こるという想定で、その暴動に備えて要人の救出のためにアメリカ軍はオスプレーを横田基地に自衛隊は木更津に配備したのじゃないかね」

「悪く考えればきりがない。それを邪推っていうんじゃないか。お前は坊主らしくない」

一路は思考が暴走する泰然の抑え役のような立場になっていた。どちらかといえば泰然は過激的で一路は保守的な性格といえる。歳の差もさほどなく静と動という対照的な性格だが、気の合う間柄であることは周囲が認めるところだ。

「重ねて言えば都市に暴動が起これば日本の政府じゃ抑えきれないから米軍が出動するだろう。米軍は略奪やレイプを繰り返しながら治安維持にあたり、韓国駐留の米軍も日本に常駐することになる。何故なら韓国にいる米軍は莫大な経費が掛かるけど日本では思いやり予算などという、日本が米軍を維持するシステムがあるからだ。カジノ法案もこうした一連の米軍慰安施設の思惑があるんじゃないか。デフォルトが起こると地下資源の乏しい日本は復興が困難になる。米軍基地景気に期待するものがあるんじゃないかね」

「泰然はすべて絶望的発想からものを考えるんだな」

「絶望を直視しなければ未来は考えられないと思うんだよ」

そう言いながら泰然はシイタケを串から外し酢醤油にかすかに浸した。

一口で食べられるようにあらかじめ小さいシイタケを採取して用意したものだが、この大きさで食べるのは贅沢といえる。まだシイタケは傘を開かない状態で、どんこと呼ばれ高級料理店などで出される代物だ。

「もし日本がデフォルトを起こせば市場原理主義は一気に加速するだろうな。年金も健康保険も事実上チャラになってしまうわけだから」

一路の口調の区切りを見て、泰然の妻は囲炉裏に炭を足しに入ってきた。ふたりにそれぞれ酌をすると彼女は一言も声を発することなく部屋を出ていった。

「一パーセントの富豪と九十九パーセントの低所得者という構図に一歩近づくわけだね。でも我々はもともと低所得者だから大差ないわけだ。年金も、もともと少額だし健康保険もあまり使わないからね」

一路は年金受給者だが泰然はまだ受給していない。口調から察して年金の額の少ないことは承知のことだ。国民年金受給者の受給金額では都会では暮らしていけないが農村では身に余る額でもある。

　考えてみれば今の日本人は最も豊かで安定した時代を生きている。祖父母の時代には日清・日露の戦争があった。父母の時代は満州事変から太平洋戦争。我々の時代は稀に見る平穏な時代を過ごしてきて終わろうとしている。

「一路さん。年金の受給と無料レストラン、共通点があるとは思わないか。毎日、無料レストランで食事をするわけじゃないけれど、これがあるから何となく安心感がある。年金も、農村ではこれがなければ生活できないわけではないけど隔月の僅かばかりの入金が生活を潤わせている」

「福祉だね。両方とも人心に安心感を与える福祉だけど、日本では福祉に関する意識は低く労働意欲を削ぐなどという意見が大勢を占める。そういう意見は本来、支配者側の論理だけどそれを庶民が言うところにこの国の民度の低さを感じるんだ。北欧のように福祉の充実した国を実現させるのはこの国では無理なのかもしれない。それほどに、もう資本の巨大化が進んでしまっているように思う」

　泰然は、少し話は違うけど、と前置きして話し始めた。

「先日、康夫がね、小さいときから親の手伝いをさせ続けられて、大人になって役場に勤めるようになっても日曜日には駆り出されたって言うんだよ。それが嫌で嫌でしょうがなかったけど最近はそういう親の強引さが今の自分の健康にも繋がっているし生活の知恵にもなっている。もし、今農地もこの体力もない状態だったら死ぬほどつまらないって」

「そういう感想は誰もが持っているみたいだ。康夫だけでなくてね。昔の親は信念が強かったのかな？　我々はそこまで子供に強制する強さがない。もっとも、子供を働かせるのは児童虐待だという非難を浴びそうだし、労働よりは勉強させるのが親の義務だ、みたいな教育をさせられてきたからね」

　両親には従順だった一路もその点については逆らった経験を持っていただけに、今では親の微動だにしない信念に舌を巻く思いを持っていた。

　それを無知からくる頑固さだったという思いを持っていなかったといえば嘘になる。

「子供の頃、梅雨明け一か月は、暑さに慣れてないこともあって辛かった。そんな季節の田の草取りは嫌で嫌でしょうがなかった。でもあの経験で強い体力と精神力が培われたことは確かだな。艱難辛苦(かんなんしんく)、汝を玉とす、という言葉があるけど農村ではこのことを地で行くという環境にあることは確かだな」

「でもね、その強い体力と精神力を戦争に使われたり、企業戦士などともてはやされて利用されてきたことも事実だよ」

泰然の論理には多少へそ曲がり的なところがある。そういう泰然の水を差すようなものの言いようには一路は慣れており、それが批判能力で、日本人にとっては希少価値というべきだろうと思うところに彼の寛容さがにじみ出る。

「国家権力は腐るといわれている。それを監視するのはマスメディアであり国民だよ。だから疑うという視線がなければ監視することができないと思わないか。でも、疑うということが批判的な目で見られるということは常に肌で感じている」

一路は泰然の熱弁にうなずきながら父甚助のことを考えていた。

強い体力と精神力、これは親から伝えられたもので貴重な財産だ。しかし、自分たちの親はどうしてあのような強い信念を持っていたのか。一路には子供の人生を左右しかねない強制はとてもできない。

知っていたのだ。農地と共に生きること、それが人生にとって盤石だということを。

農民は古くから絶望を直視して生きてきた。それは衣食住の根幹である食にあり、それによって健康を保ち世代間を繋いでいく。

農村では親との同居が当然のことだ。これも若い頃は苦痛の種で別居生活がいかにも文化的に思えたが、働き手が両親や祖父母の面倒を見るという福祉は農業だからこそできることで都市生活では余程裕福でなければ不可能なことだ。

問題は教育だ。一路の父も子供を都会の大学に行かせるために苦渋を味わった。

しかし、現代の教育は本来の学問とかけ離れ、明治以来の学歴社会の名残りともいえる。

今では多くの子供が大学を目指すので大学を卒業したからといって人生が保証されるわけではなくなった。

現代の教育が邪道ならば一路の父が言った、「学問はクイズに強くなるだけだ」という言葉は正論ということになる。立身出世などというものは名利（めいり）に他ならず、学問を求めて都会に出ていく必然性はなくなる。

一路の人生は遅疑逡巡だった。都会で築くべき人生を父親の情にほだされて農村で一生を終えようとしている。

しかし、大地に根を張ったこの人生が正解だったという実感を掴み始めたのは、睦子が農村ならではの無料レストランを始めた頃からだった。

この社会は大きな力の者が小さな者を思うままに右往左往させるような、そうした惑いの中に庶民を置いている。翻弄させて本質から遠ざけようとしているように見える。

明治維新といわれる頃から庶民は危険な船に乗せられ、敗戦によって多くの人命を失い財産をふいにした。そして、敗戦後から庶民が乗せられているのは泥船だったという危惧がないともいえない。


「泰然、鷹揚という言葉知っているか？」

泰然は「知っている」と言いながら隣の部屋から二冊の分厚い辞書を抱えて持ってきた。一冊は『広辞苑』であり、もう一冊は『類語例解辞典』だ。彼がこの『類語例解辞典』をいつも手元に置いているのは一つの言葉から色々ニュアンスの違う言葉を探し出そうとするからだ。その彼の語彙の豊かさに一路は一目置いている。

「心に落ち着きやゆとりがあり上品なさま。と書いてある」

そう言いながら次に『広辞苑』を開き、

「鷹が空を飛揚するように何物も恐れず、悠然としていること。ゆったりと落ち着いていることと書いてある。いいね！　この言葉、鷹揚」

泰然はそう言いながら二冊の辞書を閉じた。

「泰然、類語辞典の鷹揚の同じページに泰然という言葉が載っているだろう。そこには落ち着いていて物事に動じないさまとある。知っているんだろ。泰然自若から自分の名前が付けられたことを」

泰然は坊主頭を掻きながら「泰然と鷹揚は似ているけど鷹揚のほうがスケールが大きいな」とつぶやいた。

「農村の在り方はこの言葉のようでありたいと思うんだ。都市文明や市場原理主義に翻弄されることなく誇りを持ってこの大地に根を張りたい。泰然のように僧侶でありながら米を作り、吉野さんのように歯科医でありながら花の栽培をし、辰夫君のように絵を描きながら鶏を飼う。康夫のように古代史の研究をしながら豚を飼い、伸介のように野菜を作りながら機械の修理に精を出す。立身出世や物質的豊かさとは縁遠いけど虚業（きょぎょう）でない人生の選択ができる唯一の地域と職業がここ山間地農業だ」

「鷹揚主義だね」

まだ雪の積もる季節ではない。木枯らしと共に舞う風花（かざはな）もいつしか止んで夜は深々と更けていく。

四季折々の季節の中には美も醜もあり、苦も楽もある。それらすべてを総合した豊かさをここでは実感できるので、それが料理のスパイスのような役割を担っている。

いいとこ取りの人生なんて無味乾燥なもので、この地でこそ得られる多様性こそが人生の潤いだというゆるぎない認識を一路は持つに至った。

「輪廻転生、仏教では人間は生まれ変わるというんだろ。泰然は信じているのか」

「それは分からない。死んだことがないからな。輪廻転生と一言で言うけど、輪廻の場合は動物の生まれ変わりもあり、転生の場合は人間に限られるようだよ。人間は死ぬと魂が中有という状態で人間界をさまよっている。そして七日ごとに一組の男女の体内に入って新しい命になる。それが初七日です。そしてどんなに遅くとも四十九日には転生が完了するというわけだ」

「人間にとって死とは永遠のテーマだ。不老長寿の願望は皆が持ち続け、今日に至っている。同時に健康に対する不安も同様だろう。農村生活では健康の不安は少ないかもしれないけど、短命な人だっている。そこで様々な健康保険に入ることになると出費が増大するんだ。現金収入が多ければ多いほどいいと思うのは、健康不安に脅されているという懸念がないともいえない。違うか？」

「確かに都会ではそうかもしれない。核家族だとすべてを背負わなくてはいけないからね。でも農村ではそれほどの健康や老後の不安感はないよな」

「都会で生活するということは様々な脅しを受けているんだよ。他人との格差の脅し、医療の脅し、退職後の生活費の脅しとね。だから幾ら預貯金があっても安心というところまでいかない。もっとも気の遠くなるほどのお金を持っていれば別かもしれないけど」

一路は死からの解放がなければ金銭の呪縛から逃れられないと考えている。そしてその呪縛は製薬会社を巨大化させる。世界の三大企業は軍事、製薬、金融だという。

人間は誰でも死ぬ。これは避けては通れない。短命な者も長寿を全うした者も、この人間の長い歴史からすれば双方とも一点の時代を生きたに過ぎない。短命だった者を不幸だという観点から見るのは、生きている者の価値観に過ぎない。


人間の脳は生涯、たった三パーセントしか活用されないという。もし人間の脳が百パーセント活用されたなら社会秩序は保たれない。相手の考えがすべて分かってしまったら混乱に次ぐ混乱が起こる。

それならば何故、人間の脳は九十七％もの機能を運用しないまま生涯を終えるのか。最初から三パーセントの脳ですべてだったら納得がいく。脳は宇宙に匹敵する無辺際(むへんさい)である。もし、人間の死と同時にこの脳が百パーセント開け放たれるのであったら、睡眠中に見る夢のように、人間は肉体を失うことで初めて脳の活用をすべて全うできることになる。輪廻転生よりはるかに超越した世界が広がるかもしれないが、それを三パーセントしか活用できない脳では理解することができない。

一路はこの奇想天外な思索にふけながらまだ誰にも打ち明けてはいない。この思考観念を同化できれば人生はもっと鷹揚な気持ちで生きられると確信する。

臨終の刹那に脳の全面解放があるという最後の知的好奇心に心踊るものがある。

「ところで辰夫君と子供たちの絵が最近マスメディアで注目されて、よく記事になるようになった。辰夫君の絵を買いたいという申し込みもあると聞くよ」

一路はこの寺にも掲げられている辰夫の絵を見上げながら話す。彼は希望があればこうして村民に貸し出すことを嫌がらない。最近では高学年の子供たちには油絵も描かせている。

「でも彼は、絵は売らないよ。それが彼のポリシーだ」

「恭子ちゃんがね、今度、辰夫君の絵と子供たちの絵を合わせた画集を出版する計画があるっていうんだ。そして、もし、印税が入ったら全額を村に寄付って……」

そう言いながら一路はニヤニヤした。

「それって、出版費用は村の共有財産から出せっていうことじゃないの」

泰然は、この議案が提出されれば反対する理由が見つからないと思った。恭子という女性がそこまで読んでいるとすれば、あの夏季学校という計画も算段済みかと疑いたくなる。

「しかし泰然、資本主義ではお金は貯めるものじゃなくて使うものだ。心置きなく使えるのは、俺たちはお金がなくても生活できるという基盤を持っているからじゃないか」

「カバーデザインは、尻尾を持った、あの恭子ちゃんの人物像だな」

ふたりはニヤニヤしながら杯を重ねた。木枯らしに混じって舞っていた風花が本格的な降り方になってきた。二日後には六十センチという、かつてない積雪となり四国にも大きな被害をもたらした。

夏の豪雨、冬の大雪と、今後の日本を暗示するように自然災害は猛威を振るう。

その次に来る春の芽生えを踏まえ、一路と泰然は大岩を捕縛(ほばく)する蔦(つた)のようにじわじわと生きていこうと思っていた。

農民は大地に這いつくばって生きてきた。名利とは無縁なこの世界にこそある正義を求めて。

完

著者略歴

坂根　修（さかね・おさむ）

１９４４年東京生まれ。１９６２年東京都立農芸高校卒業。

東京農業大学在学中に南米ブラジルに渡る。

10年後に帰国。２年ほどのサラリーマン生活のあと、埼玉県寄居町で営農の傍ら「皆農塾」を開く。

１９８９年皆農塾分室を愛媛県肱川町（現大洲市）に開設。現在に至る。

■著書
『都市生活者のための　ほどほどに食っていける百姓入門』（１９８５年　十月社）
『痛快、気ばらし世直し百姓の塾』（１９８７年　清水弘文堂）

『ブラジル物語』（1988年　清水弘文堂）
『脱サラ百姓のための過疎地入門』（1990年　清水弘文堂）
『ベーシック・インカム（国民配当）投票に行ってお金をもらう構想』（2016年　文芸社）
『明日のための疎開論』（2017年　文芸社）
『移民船上のわが友』（2018年　ルネッサンス・アイ）
『五つ星無料レストラン』（2019年　ルネッサンス・アイ）

五つ星 無料レストラン
地方と再生の物語

2023年3月3日発行

著 者 坂 根 修
発行者 向 田 翔 一

発行所 株式会社 22 世紀アート
〒103-0007
東京都中央区日本橋浜町 3-23-1-5F
電話 03-5941-9774
Email: info@22art.net ホームページ：www.22art.net

発売元 株式会社日興企画
〒104-0032
東京都中央区八丁堀 4-11-10 第 2SS ビル 6F
電話 03-6262-8127
Email: support@nikko-kikaku.com
ホームページ：https://nikko-kikaku.com/

印刷
製本 株式会社 PUBFUN

ISBN：978-4-88877-156-6